괜찮아,
천천히
가면 돼

엄마·아빠가 꼭 지켜줄게, 우리에게 도착한 선물

괜찮아,
천천히
가면 돼

박경민 지음

바른북스

🌿

어느 크리스마스 날, 동생네 가족들과 조촐한 크리스마스 파티를 계획하고 있었는데, 크리스마스를 앞두고 서우가 열감기에 걸렸다. 동생에게 전화를 걸어 열이 계속 나게 되면 크리스마스에 못 만날 것이라고 얘기해 줬다.

"오빠! 왜?"

"서우 지금 열이 나. 열이 안 내리면 크리스마스에 못 볼 수도 있을 것 같아."

"어? 정말? 몇 도인데?"

"아까 40도까지 올라갔다가 지금은 39도야."

"아 그래? 근데 왜 이렇게 태평해? 애가 열이 나는데 수액이라도 맞혀야 하는 거 아냐?"

"어? 방금 약 먹었어. 일단 지켜봐야지."

그렇게 동생과의 전화 통화가 끝나고, 갑자기 서우에게

내가 너무 무신경했나 싶었다.

"아무래도 우리가 너무 무뎌진 것 같아."

아내가 나에게 말했다.

"서우가 예전에 큰 수술도 여러 번 하고, 응급상황도 있어서 그런지 우리가 너무 무뎌진 것 같아. 다른 엄마들 같았으면 지금 응급실 가서 수액 맞히고 난리 났을걸?"

"아 그런가? 사실 열이 40도 나는데 나도 겁은 나더라고. 근데 일단 약 먹이고 안 떨어지면 그때 병원 가보면 되지 뭐."

물론 신경이 쓰이지 않는 것은 아니었다. 그동안 감기에 걸려 열이 나도 40도까지 올라갔던 적은 없었다. 며칠 동안을 39도 정도의 고열이 지속되었고, 매일 병원에 가서 진료를 보고 독감 검사, 바이러스 검사 등을 했다. 결국 독감은 아니었고, 폐렴을 유발할 수 있는 균이 있다는데, 폐렴은 심하지 않다고 했다.

서우의 건강 걱정을 하지 않은 것은 아니었지만, 무뎌진 것은 사실이었다. 크고 작은 수술을 몇 번이나 하고 나니 걱정은 되지만, 호들갑 떨 일은 아니라고 생각했었다. 그런 무뎌짐이 이렇게 그 당시의 감정들을 기록하게 했던 계기가 되었다. 더 무뎌지고, 더 잊히기 전에 지금 가슴에 남아 있는 감정이나마 남겨두고 싶었다.

안아주고 싶어

우리에게 도착한 선물

2018년 9월, 나는 마흔이라는 늦은 나이에 결혼했다. 항상 결혼하고 싶었지만 두려웠다. 어른이 되어야 결혼을 할 수 있다고 생각했다. 언제 어른이 되는 것일까? 결혼하고, 아이를 낳으면 비로소 어른이 되는 것이라고 얘기하는 사람들도 있다. 결혼을 해야 어른인 걸까? 어른이 되어야 결혼할 수 있는 것일까? 쓸데없는 걱정과 두려움으로 물리적 나이 마흔이 되어버렸다. 법적으로 성인이 되고, 직장을 가져 경제적 독립을 하면 어른일까? 마흔이라는 나이가 되더라도 나는 항상 어리다고 생각했었다. 철도 없고, 용기도 없었다. 서른아홉에 내게 찾아온, 나에게 믿음과 용기를 준 지금의 아내와 1년여의 연애를 마치고 마흔에 늦깎이 결혼을 했다. 4살 차이였던 우리는 늦깎이 신혼부부가 되어 알콩달콩 우리의 미래를 설계하고 있었다.

결혼한 지 얼마 되지 않아 신혼을 즐길 새도 없이 우리에게 선물이 찾아왔다.

"오빠! 나 임신한 것 같아."

"진짜? 테스트기 해봤어?"

"응. 두 줄이 떴어."

"산부인과 예약했어? 빨리 병원에 가보자!"

"응. 집앞에 산부인과 있잖아. 주말에 예약해 두었어. 같이 가보자."

우리는 너무 기뻤다. 기뻤지만 걱정이 되기도 했고, 걱정이 되다가도 너무 기뻤다. 아내가 나이가 있는 만큼 조심해야겠다고 생각했다. 임신 초기에 특히 더욱 조심해야 한다고 했는데, 내가 임신을 한 것처럼 느껴졌다. 간혹 남편이 입덧을 한다고도 하던데, '이러다가 내가 입덧하는 게 아닌가?' 하는 생각도 들었다. 그렇게 조심조심 우리에게 온 선물을 지키려고 애썼다.

그러던 어느 날, 배가 아프고 몸이 이상하다고 느꼈는지 아내가 혼자 병원을 다녀온다고 했었고. 나는 마침 그날 회식 중이었다. 별일이 없을 것으로 생각했는데, 아내에게 전화가 왔다. 별일이 없다면 전화할 리가 없었다. 분명 별일이 생긴 것 같았다. 전화를 받자마자 전화기 너머 울고 있는 아내의 목소리가 들렸다.

"오빠⋯. 오빠⋯. 우리 아기가⋯. 어떡해⋯. 어떡해⋯."

아내는 말을 잇지 못하고 울고 있었다. 나는 일단 회식 자리를 뛰쳐나와, 급하게 대리운전기사를 불렀다. 대리운전기사가 왔고, 최대한 빨리 가달라고 했다. 40분 정도의 시간이 걸린 것 같은데, 4시간이나 된 듯 길게 느껴졌다. 혼자 울고 있을 아내를 생각하니 마음이 초조해졌다. 대리운전기사에게 최대한 빨리 가달라고 재촉하고, 아내에게 전화했다.

"나 지금 가고 있으니까, 일단 누워 있어. 편하게 누워 있어⋯. 금방 갈게!"

드디어 집에 도착했다. 오늘따라 엘리베이터는 왠지 더 느리게 움직이는 것 같다. '왜 하필이면 집을 18층에 구했을까?' 짧은 순간에 이런 후회도 하면서 발을 동동 구르며 엘리베이터가 18층에 도착하기를 기다렸다. 문을 열고 집에 들어갔는데, 컴컴한 어둠만이 나를 반겼다. 어둠 속에서 흐느끼는 소리가 났다. 불을 켜보니 한 시간이나 되는 시간 동안 옷도 벗지 않고, 가방도 멘 상태로 소파 옆 테이블 아래 주저앉아 흐느끼고 있는 아내를 발견했다. 얼마나 울었는지, 눈은 퉁퉁 부어 있고 더 이상 소리 낼 힘도 없는지 작은 소리로 흐느끼기만 하는 아내를 안아주었다.

"괜찮아···. 괜찮아···." 말하며 둘이 끌어안고 하염없이 울었다. 얼마나 울었는지 모르게 한동안 둘이 얼음처럼 주저앉아 있었다. 너무 일찍 찾아온 것인지 우리에게 찾아온 아기는 우리 곁을 일찍 떠났다.

담당 의사는 유산은 누구에게나 올 수 있고, 부모의 잘못이라기보다는 정자와 난자가 수정이 이루어질 때 알 수 없는 요인으로부터 생긴 염색체 이상 때문에 유산이 된 것이라고 했다. 아이가 만들어지면서 여러 가지 이유로 건강하지 못했다는 것이다. 그것은 부모의 책임이 아니라고 우리를 안심시켰지만, 아내는 건강한 아기가 다시 올 수 있을까? 걱정이었고, 나는 아내의 건강이 더 걱정이었다. 마음이 더 다친 것 같아 안쓰러웠다. 분명히 아주 작은 생명체가 배 속에 있었는데, 우리 곁을 떠났다고 생각하니, 눈으로 볼 수 없는 크기의 작은 생명체이지만 지켜주지 못한 것이 너무 미안했다.

아이를 잃어버린 것은 출산한 만큼 아니 그보다 더 몸

조리에 신경을 써야 한다고 한다. 심리적으로도 아주 힘든 상태라 심리적 안정을 위해서 충분한 휴식이 필요하다. 아내는 무척 힘들어했다. 서로를 위로하면서 극복해 나가기로 했다. 이번엔 끝까지 지키지 못했지만, 건강한 아이가 우리에게 오기를 바라며 즐거운 생각만 하고, 내 몸도 건강해야 한다는 생각에 운동도 열심히 했다. 그리고 남편도 먹으면 좋다고 하는 엽산 등의 각종 영양제도 빼먹지 않고 먹으면서 몸을 만들어 건강한 아이가 우리에게 찾아오기를 바랐다.

2019년 6월경이었다. 우리의 바람대로 귀한 선물이 도착했다. 한 차례 큰일이 있었기에 알게 모르게 트라우마가 생겼는지, 걱정부터 앞섰다. 무조건 조심해야 한다는 생각이었다. '엄마·아빠가 이번에는 꼭 지켜줄게.' '우리 건강하게 꼭 만나자!' 다짐하면서 조심하고 또 조심했다. 하루도 안심할 수 없었고, 병원도 가능한 한 아내와 같이 다녔고, 초음파를 확인하고 담당 의사가 별다른 말이 없으면 그제야 안심하고 다음 진료를 기다렸다. 걱정과는 달리 아기집 안에서 건강하게 잘 자란다는 것을 눈으로 계속 확인했다. 어느덧 조심해야 하는 임신 초기가 지나 안정기에 접어들었다.

"오빠는 아들이었으면 좋겠어? 딸이었으면 좋겠어?"

아내가 물었다.

"나는 둘 다 좋아. 아들도 좋고, 딸도 좋고!"

정말 그랬다. 아들이어도 좋고, 딸이어도 좋았다. 또 낳으면 되지, 뭘 걱정이야 하겠지만, 둘 다 나이가 있어서 아이 둘을 낳기엔 부담스러운 나이였다. 그리고 아이의 성별이 사람 마음대로 되는 것도 아니니, 그저 나는 날 닮은 아들이어도 좋고, 아내를 닮은 딸이어도 좋았다.

"그래도 더 좋은 게 있을 거 아니야, 딸이 좋아?"

"응 사실 딸이었으면 좋겠어."

아들 둘이 있는 집은 0점, 아들 하나 딸 하나 있는 집은 100점, 딸 둘 있는 집은 200점이라는 우스갯소리가 있다. 사람들은 아들은 다 키워놓으면 남의 집 자식이 된다고, 딸이 있어야 한다는 얘기를 한다. 나도 부모님의 아들이지만, 부모님을 더 챙기는 것은 아들인 나보다 딸인 여동생인 것이 사실이다. 사람들이 재미로 점수를 정해놓은 것이지만 어느 정도는 맞는 것 같다. 하지만, 나는 나중에 효도를 바라서 그런 것이 아니라 아기자기하게 딸 키우는 재미를 느끼고 싶었다.

그런데 좀처럼 성별을 가르쳐 주지 않는다. 16주, 17주, 18주···. 주수가 지날수록 궁금해졌다. 너무 궁금한 나머지

하루는 대놓고 물어보았다.

"선생님! 그래서 아들이에요? 딸이에요?"

담당 의사는 완고했다. 자기는 성별을 잘 얘기해 주지 않는다는 것이다.

"예전에 딸이라고 해서, 부모들이 딸인 줄 알고 죄다 분홍색으로 아기용품을 준비했는데, 막상 아이가 태어났는데 아들이었어요. 그때부터 저는 성별을 얘기 안 해주기로 했어요."

담당 의사는 성별을 말해주지 않는 대신 우리에게 초음파를 자세히 보여줬다. 초음파를 보고 알아서 판단하라는 것이다. 유심히 보고 또 보았다. 담당 의사가 힌트 아닌 힌트를 주긴 했다. 손가락으로 초음파 화면을 가리켰다. 내가 보기에는 다리 사이에 아무것도 안 보였다.

"딸이에요?"

"…"

담당 의사는 아무 말이 없었지만, 우리는 딸이라고 확신하며 집에 돌아왔다. 원하던 딸이라고 하니 기분이 좋았다. 우리 아버지는 내심 아들이기를 바라신 것 같았지만, 어머니는 예전에 아내에게 딸을 낳았으면 좋겠다고 했다.

"너희는 둘 다 나이도 있고, 둘은 못 낳을 거면 딸이었으면 좋겠다. 그래야 지현이가 나중에 안 심심하고 좋지. 엄마한테는 딸이 있어야 해. 딸이 좋아."

여자로서는 딸이 친구 같고 좋을 것이다. 아들이어도 좋았겠지만, 아무튼 원하던 딸이라 아이가 생겼다는 말을 들었을 때와는 다른, 설렘이라고 해야 하는 감정인지, 벅찬 느낌이라고 해야 하는지, 가슴속에 알 수 없는 감정이 소용돌이쳤다.

우리는 태명을 짓기로 했다. 태명을 짓고, 배 속에 아이에게 많이 불러줘야 오래 산다는 말이 있다. 아내가 나에게 숙제를 하나 내주었다.

"오빠가 우리 아이 태명 좀 지어줘! 나 이런 거 못하는 거 알잖아."

우리 아이와 건강하게 만나기를 바라면서 이름을 지어보기로 했다. '어떤 이름이 좋을까?' 열심히 찾아보았다. 태명은 부르기가 쉽고, 된소리가 나면 좋다고 한다. 의미 있는 태명을 짓고 싶었지만, '복덩이' '똘똘이' '튼튼이' '사랑이' 이런 흔한 이름은 또 싫었다. 엄마 배 속에서 떠나간 아이를 생각하며 이번에 우리에겐 온 선물 같은 아이가 세상에 나와 빛을 보기를 바랐고, 세상의 빛이 되기를 바랐다. '빛'을 의미하는 단어들을 찾았다. 프랑스어로

'Lumiere', 이탈리아어로 'Lumi'가 '빛'이라는 뜻이란다. 우리는 새로운 우리 아이의 태명을 '루미'라고 지어주었다. 한글 이름이었으면 더 좋았겠다고 생각했지만, 부르기 예쁜 이름이어서 만족하면서 배 속에 있는 루미를 자주 불러주었다.

"엄마 배 속에서 건강하게 지내고 있어." "우리 이따가 만나자." 루미에게 많은 말을 해주었다. 엄마 배 속에 있을 때 아빠의 목소리가 잘 들린다고 한다. 낮은 저주파의 남자 목소리가 엄마 배 속의 아이에게 전달이 잘되고, 아빠 목소리를 들으면 태교에 좋다고 한다. 믿을 수 없지만, 엄마 배 속에서의 아빠 목소리를 기억하는 아이들이 있다고 한다. 어떤 다큐멘터리를 본 적이 있는데, 엄마 배 속에 있을 때 아빠가 책을 읽어주었다는 6~7살 정도 되는 아이들에게 아빠 목소리가 기억나냐고 물었을 때, 아빠의 목소리를 들었고 그 목소리를 기억한다고 했다. '설마 태아 때 엄마 배 속의 상황들을 기억한다고?' 나는 지금도 그 얘기는 반신반의하지만, 전문가 이야기로는 어느 정도 가능한 일이라고 한다. 뭐 그렇든 안 그렇든 나는 루미에게 좋은 이야기를 해주고 싶었고, 아빠가 사랑한다고 전해주고 싶었다. 태교책을 사서 틈나는 대로 읽어주었다. 우연인지 몰라도 내가 책을 읽어주거나 말을 걸 때 태동을 한다. 발로 엄마 배를 사정없이 찬다. 힘이 장사다. 우량아가 태어나려나 보다 했다. 실제로 루미는 3.8kg으로 우량(?)하게 태어났다.

아내는 태교로 뜨개질을 선택했다. 루미가 태어나면 가지고 놀 수 있는 인형을 손뜨개로 만들고 있었다. 여러 가지 동물 인형을 하나씩 만들다 보니 거의 동물 농장 수준이 되었다. 손재주가 있는 아내는 인형이나 가방을 손뜨개로 만드는 것을 좋아했다. 도안을 봐도 나는 어떻게 뜨는지 모르겠던데, 뜨다가 잘못 뜬 것을 어떻게 알아차렸는지 풀고 다시 뜨고를 반복하는 때도 있었다. 하나씩 늘어나는 인형을 보면서 빨리 아이가 태어나서 엄마가 너를 위해 만든 거라며 자랑하고 싶었고, 같이 놀아주고 싶었다.

청천벽력… 심장에
구멍이 있다고요?

우리는 임신 안정기가 지나도 조심하며 배 속에서 자라고 있는 루미를 지키는 데 집중하였다. 검진일이 다가오면 '괜찮을까?', '괜찮겠지?' 가슴 졸였다. 임신 12주에 기형아 검사를 했다. 결과는 괜찮았다. 1차 기형아 검사는 초음파로 한다. 사지 결손, 무뇌아 등의 외부 기형을 판단하는 검사이다. 특히 초음파상으로 태아의 목둘레를 잰다. 초음파로 목둘레를 쟀을 때, 3mm 이상이면 염색체 이상이 있는 기형아가 나올 확률이 30% 이상이 된다고 한다. 우리 루미는 1차 기형아 검사에서 정상이었다. 다행이었다. 루미는 건강하게 자라고 있었다. 태아가 12주가 되면 배내털이라고 하는 솜털이 온몸을 덮기 시작하고, 뇌가 발달하기 시작한다. 다른 부분에 비해 머리가 커진다. 뇌가 급속도로 발달하여 뇌가 몸 전체의 1/3 정도를 차지한다고 한다. 우리 루미는 주수에 맞게 잘 자라고 있다고 했다.

엄마 배 속에서 잘 자라고 있는 아기를 위해 우리는 태교 여행을 가기로 했다. 태교 여행은 엄마와 배 속에 있는 아기와의 첫 여행이다. 여행을 하면서 좋은 것도 보고, 즐기며 일상을 벗어나 임신 스트레스도 날려 보내기 위한 여행이다. 힘든 여행이 아니라면 엄마의 정서적 안정에 많은 도움이 될 것이고, 엄마의 정서적 안정이 배 속 태아가 잘 자라는 데에 가장 중요하다. 배 속에 아가도 지금까지는 건강하게 잘 자라고 있어서 병원에서도 태교 여행 가는 것은 전혀 문제가 없다고 얘기했었다. 오히려 임신부의 정신적, 정서적 안정을 위해서 권장한다고 했다.

우리는 여러 곳을 검색해 보았다. 보통 많은 엄마들이 선호하는 곳은 괌이었다. 괌은 규모가 큰 아웃렛이 많아서 아기용품도 많이 사 오고 본인을 위한 쇼핑을 즐길 수 있기 때문이다. 베트남 냐짱도 많이 가는데 가격이 저렴하고 리조트들이 워낙 많고 잘 꾸며진 곳이 많아 편히 쉬다 올 수 있는 장점이 있다. 두 후보지 중에 어디로 갈지 고민

했었지만 마침 그 당시 동남아에 뎅기열이 유행이었다. 우리는 곧바로 결정했다.

"오빠! 우리 어디로 갈까?"

"냐짱에 뎅기열이 유행한대."

"그래? 그럼 안 되겠네. 괌으로 가자!"

"그래 위험한 건 하지 말자!"

비행기 타는 것도 조심스러운데 뎅기열은 그냥 넘길 수가 없었다. 그래서 우리는 괌으로 가는 비행기와 호텔을 예약하고 나서 떠나는 날만을 기다리며 여행 준비를 했다.

드디어 괌으로 출발하기 일주일 전이 되었고, 임신 20주가 되어 정밀 초음파 검사가 있어 병원에 갔다. 아내는 초음파 검사실에 들어간 지 30분이 넘었고, 나는 검사실 밖에서 기다렸다. 임신 중기 정밀 초음파는 태아 크기, 구조적 기형, 양수의 양, 태반 위치, 심장 이상 유무 등을 파악하여 태아가 잘 자라고 있는지 확인하는 중요한 검사다. 일반적으로 30분 정도 걸리는데, 루미가 잘 안 보이는 자세를 하고 있어, 아내는 검사실을 나와 걷기도 하고, 화장실도 다녀오면서 태위가 바뀌길 기다렸다. 태아가 잘 안 보이는 위치에 있을 때, 태위 변화를 위해서 걷거나 소변을 비우고 다시 검사한다. 그렇게 다시 검사실로 들어간 지

30분이 훌쩍 지났다. '무슨 일이 있는 걸까?', '괜찮겠지?' 시간이 지나도 검사가 끝나지 않아 답답한 마음에 앉아서 기다릴 수 없었다. 좁은 병원을 계속 서성거렸다. 드디어 검사실에서 의사가 나왔다.

"보호자님 들어오세요!"

"네!"

나는 의사가 무슨 말을 할지 몰라 초조했고, 가슴 졸였지만, 마치 초조하지 않은 척, 여유 있는 척하면서 태연하게 검사실로 들어갔다.

담당 의사는 루미의 모습을 차근차근 보여줬다. 머리 크기, 목둘레, 몸의 길이, 팔다리, 손가락과 발가락을 모두 확인해 주고, 마지막으로 심장을 보여줬다. 20주 태아의 크기는 16~20cm이다. 한 뼘 정도 되는 크기의 작은 루미에게 고작 몇 cm밖에 되지 않는 심장이 뛰고 있었다. 이때까지도 우리 루미가 건강하게 잘 자라고 있는 줄 알았다.

그 몇 분도 안 되는 시간에 분위기는 반전되었다. 심장이 뛰는 모습이 보였고, 모니터에는 혈류의 움직임인지 빨갛고, 파랗게 무언가의 흐름이 보이기도 했다. 이리저리 확인해서 보여주고는 심장을 확대해서 보여줬다. 두 개의 심실과 두 개의 심방이 있는데, 우측에 있는 우심실이 좌심실보다 크다는 것이다. 언뜻 봐서는 잘 몰랐지만, 화면을 보여주며 설명을 해주었는데, 설명을 들으니 오른쪽 심실이 조금 커 보이기는 했다. 3차 병원으로 전원을 해서 정밀 검사를 받아보라고 했다.

우심실 비대(RVH, Right Ventricular Hypertrophy) 소견으로 진료의뢰서를 받았다. 어떤 상황인지 어리둥절했다. 작은 몸에 더 작은 심장이 뛰는 것도 신기했는데, 그 심장에 문제가 생겼다니, 조금 무서워졌다. 자세한 상황은 3차 병원에 가서 다시 검사를 해봐야 알 수가 있었지만, 문제가 생겼다는 것만으로도 앞으로의 일이 두렵기도 했고, 무섭기도 했다.

우리는 엄마 배 속에서 루미가 잘 자라고 있는 줄로만 알았는데, 그게 아니었다. 하늘이 무너져 내리는 것 같았다. 우리는 우선 그다음 주에 예정되어 있던 태교 여행을 취소했다. 당장 어떠한 조치를 할 수 있는 것이 아니라서 여행을 갈 수도 있었지만, 마음이 불편한 상태로 여행을 떠나기는 싫었다. 언제든지 여행의 기회는 있을 것이라고 생각했다.

텔레비전에서 선천성질환을 앓는 아이들을 보면서 나와는 상관없는 남 얘기인 줄로만 알았다. 1%의 가능성도 생각하지 못했다. 동네 산부인과라 자세한 얘기는 들을 수 없었기에, 우리는 더욱 막막했고, 어떻게 해야 할지 몰랐다.

아내와 나는 몇 날 며칠을 부둥켜안고 울었다. 서로에게 그만 울자고 말하면서도 계속 울었다. 눈앞이 깜깜해졌고, 머릿속은 하얘졌다. 가슴은 답답했고, 손발은 떨렸다. 일단, 3차 병원으로 가서 진료를 받아봐야 했다. 우리는 세브란스 병원을 거쳐 소아심장진료로 유명한 서울아산병원으로 갔다. 서울아산병원 산부인과에는 태아 치료센터가 있다. 선천적 기형을 가지고 있는 태아를 위하여 다양한 분야의 전문의들이 협진하여 필요한 진료를 받을 수 있도록 해준다. 태아 치료센터에서 진료를 받는 산모들이 꽤 많았다.

'태어나기도 전에 아픈 아기들이 이렇게 많구나!'

진료를 기다리면서 아내 배 속에 있는 루미와 다른 엄마들 배 속에 있는 아기들을 생각했다. 마음이 무거웠다. 처음 온 것 같은 우는 엄마도 있었고, 병원에 오래 다닌 것 같은 여유 있는 표정의 엄마도 있었다. 전반적으로 조용하고, 엄숙한 분위기의 진료 대기실이었다.

태아 치료센터에서 재검사 결과, 심실중격결손증(VSD, Ventricular Septal Defect) 진단을 받았고, 대동맥축착(COA, Coarctation Of the Aorta)도 의심된다는 얘기를 들었다. 우리는 걱정스러운 눈빛으로 산부인과 담당 교수를 바라보았다. 한없이 걱정하고, 초조해하던 우리에게 담당 교수가 한마디 했다.

"수술하면 돼요! 걱정하지 말고, 잘 자라고 있으니까 출산하고 바로 수술하면 돼요! 어려운 수술도 아니에요! 심장외과 협진해서 고치면 되니까 너무 걱정하지 마세요! 심장외과 연결해 드릴 테니까 상담하고 가세요."

확신에 찬 목소리였다. 담당 교수의 그 자신감에 우리는 한결 마음이 편해졌다. 담당 교수는 태아 치료에 저명한 산부인과 교수였다. 소문대로 항상 자신감에 차 있었고, 왠지 믿음이 가는 목소리였다. 상황이 안 좋더라도 이렇게 환자를 안심시키고, 본인에 대한 확신이 있어 보여서 믿음이 갔고, 안심할 수 있었다. 말이라도 이렇게 해주는 것이 고마웠다. 루미는 배 속에서 더 자라야 하고 출생하고 난 후에 상황이 안 좋아질 수 있는 가능성도 있을 것이라고 했다. 하지만 그런데도 일단 산모를 진정시키고, 안심시키는 담당 교수에게 강한 믿음이 생겼다.

우리는 그렇게 임신 20주 이후로 서울아산병원으로 전원하여 정기적으로 검진도 받고, 각종 검사를 거치면서 38주에 제왕절개 수술로 출산하기로 했다. 심실중격결손증이라는 진단을 받고 나서 소아심장외과와 협진을 했다. 담당 교수 진료를 보고, 코디네이터와 상담도 했다. 담당 교수는 결손 부위가 작으면 태어나고 나서도 저절로 막히는 경우가 있는데, 일단 현재 결손 부위가 저절로 막힐 수 있는 크기가 아니라서 수술해야 한다고 했다. 일반적인 심실중격결손증(VSD)은 태어나자마자 구멍을 막아주면 되고, 그 수술이 그렇게 어려운 수술이 아니라고 했다. 또 배 속에서 자라면서 모양이 변형될 수도 있으니 일단 어떻게 자라는지 지켜보자고 했다. 대동맥축착(COA)도 의심이 되기는 하나, 이 또한 배 속에서 태아가 자라면서 변할 수도 있기 때문에 조금 더 지켜보자고 했다.

우심실 비대(RVH) 소견이 있었고, 심실중격결손증(VSD) 진단을 받을 때까지 구글링하면서 여러 가지 변수에 관해 공부했다. 일단 우심실 비대(RVH)는 팔로사징증(TOF, Tetralogy of Fallot)이 있어도 나타날 수 있다는 것을 알았고, 혹시나 팔로사징증이 아닌가 생각했었다. 팔로사징증(TOF)이란 네 가지 병변이 동반된 선천성심장병이다. 심실중격결손, 우심실 유출에 의한 협착, 대동맥기승, 우심실 비대 이 네 가지인데, 이 중에 심실중격결손과 우심실 비대는 확정적이고, 대동맥궁이 조금 크고 위로 솟아 있다고 해서 이것이 대동맥기승이 아닌가 싶었다. 팔로사징증은 선천성심장병 중에 흔한 질환이라고 한다. 그래서 수술 사례도 많다고 한다. 만약 팔로사징증이라도 수술하면 괜찮다고 하니, 일단은 안심했다.

심장에 대해 알아보니, 정말 여러 종류의 질환들이 있었다. 대혈관전위증, 심실중격결손증, 동맥관개존증, 팔로사징증 등 너무나 많은 질환이 있었다. 아기집이 만들어지고, 태아가 자라는 동안 혈관이 모여 장기 등의 조직이 생기는데, 그중 가장 복잡한 장기가 심장이다. 모든 혈관이 모여 심장을 구성하고 발달하는데, 그 과정에서 여러 가지 기형이 나올 수 있다. 어떤 경우에는 대동맥과 폐동맥의 위치가 바뀌어 대혈관전위증(TGA)이 나타나고, 심실이나 심방에 구멍이 생기는 심실중격결손증(VSD)이나 심방중격결손증(ASD)이 생길 수도 있다. 판막에 이상이 생길 수도 있고, 심실이 하나뿐인 단심실이 생길 수 있다.

예전에 심장병이라고 하면 '그냥 심장이 안 좋구나.'라고 단순하게 생각했는데, 심장과 관련한 선천성질환도 여러 종류가 있었다. 당연하다고 생각했던 내 왼쪽 가슴에서 뛰는 심장의 중요함과 심장이 그만큼 복잡한 장기임을 새삼 느꼈다.

설상가상… 또 다른 구멍,
구개열이라고요?

　2019년 12월 중국 우한이라는 지역에서 시작된 감염증인 코로나바이러스감염증-19(코로나19, COVID-19)가 중국 전역뿐만 아니라 전 세계적으로 확산이 되어 모두가 공포에 떨고 있었다. 급기야 2020년 1월 20일 한국을 방문한 중국인이 최초의 감염자로 확진이 되고 1월 30일에는 해외 유입이 아닌 국내에서 첫 감염자가 나왔다. 우리나라도 코로나19의 공포가 시작되었다. 병원을 비롯한 모든 건물 출입이 제한되어 출입 명단을 작성하고 출입해야 했고, 특히 병원 같은 경우는 진료가 없으면 출입 자체가 힘들었다. 실외는 물론 실내에서도 사람들은 마스크를 끼고 다녔고, 나중엔 마스크 착용이 의무화되기까지 하면서 코로나19 확산 억제를 위해 정부는 강력하게 규제를 하기 시작했다.

이러한 상황 속에서 2020년 2월 4일. 예정된 그날이 왔다. 루미가 태어나는 날이다. 출생하고 바로 수술을 해야할 수도 있고, 신생아집중치료실(NICU, Neonatal Intensive Care Unit)에서 집중 관리를 해야 할 상황이기 때문에 제왕절개 수술로 출산을 해야만 했다. 38주가 되는 날에 출산하기로 예약을 해두었고 당일 아침에 병원으로 향했다. 신관 6층 분만실로 갔다. 보호자도 같이 들어가서 간단한 설명을 듣고 아내는 수술 준비에 들어갔다. 보호자는 밖에서 기다려야 했고, 수술이 완료되면 문자로 연락을 준다고 했다.

"김지현 님이 수술실에 입실하셨습니다."

수술 준비에 들어간 지 20분 만에 문자가 도착했다. 수술은 한 시간 정도 걸린다고 했다. 맘 편히 앉아 있을 수 없었다. 6층 분만실 앞을 계속 서성이며 수술이 끝나기를 기다렸다. 분만실 옆은 신생아집중치료실인 NICU였고, 분만실 반대편은 산부인과 입원실이었다. 그 중간에는 보호자 대기실과 면회실이 있었는데, 코로나19 확산 우려로 폐쇄된 상태였다. 6층 분만실 앞뿐만 아니라 6층 전체를 서성이며 수술이 끝나기만을 기다렸다. 11시 50분이 되었다.

마침내 휴대폰 진동이 짧게 울렸다.

"김지현 님 수술이 완료되었습니다."

수술 완료 문자가 왔고, 곧 루미가 아주 작은 침대에 누워 수술실 밖으로 나왔다. 바로 옆에 있는 신생아집중치료실(NICU)까지 거리는 10m 정도였다. 이동하는 동안 급하게 사진 한 장을 찍어서 가족들에게 루미의 출생을 알렸고, 그러고는 신생아집중치료실(NICU) 문 앞에서 젊은 의사 한 명이 아기의 상태에 대해서 간략하게 설명을 해주었다. 정신이 없어서 무슨 말을 했는지 잘 기억은 안 나지만 마지막에 입천장이 열려 있다고 말했다.

"구개열이 있어요."

그 당시 '구개열'이라는 단어를 못 들었다. 아마도 의사는 이렇게 말한 것 같다. 나는 못 알아들어서 되물었다.

"네?"

"구개열이요. 입천장에 구멍이 있어요. 입천장이 열려 있어요. 자세한 건 들어가서 다시 한번 봐야 할 것 같아요. 일단 별도로 연락을 드릴 테니 기다리세요."

불친절한 안내다. 그러고는 모두 신생아집중치료실(NICU)로 들어가 버렸고, 아무도 다시 나오지 않았다.

'언제까지, 무엇을, 어떻게 하고 있어야 하는 거지?'

그 넓은 복도에는 출산을 위해 수술하고 회복실로 옮겨진 아내의 남편, 출생 후 바로 신생아집중치료실(NICU)로 들어가 버린 아이의 아빠 말고는 아무도 없었다. 아무도 나에게 추후 일정을 알려주지 않았다. 출산한 아내는 언제 병실로 옮겨지며 신생아집중치료실(NICU)에 들어간 우리 아이는 언제 볼 수 있고, 분명히 구개열인지 뭔지 때문에 기다리라고 했는데 어디서 얼마나 기다려야 하는지 아무도 알려주지 않았다. 이렇게 보호자를 복도에 방치하고 어떠한 설명도 해주지 않는 것이 대한민국 최고의 종합병원 시스템인가? 하는 의문이 들었다. 모든 문은 보안 문으로 되어 있어 아무나 들어갈 수 없었고, 아무도 밖으로 나오지 않는다. 일단 기다릴 수밖에 없었다.

기다리는 동안 좀 전에 갓 태어난 서우를 데리고 분만실에서 나와 신생아집중치료실(NICU)로 가는 복도에서 의사가 얘기한 '입천장의 구멍'이 뭔지 인터넷에 검색을 시작했다. 심장에 구멍이 있다고 했는데, 입천장에도 구멍이 있다고 하니 당황스러웠다. 초음파로 확인할 수는 없었던 것인지 산전검사 할 때도 아무런 얘기가 없었는데 갑자기 이게 무슨 얘기인가? 그 당시에는 그가 말한 '입천장 구멍'이 구개열인지 아닌지도 모르고, 구멍이 있다는데 어느 정도의 구멍이 어느 부위에 있는지조차 모르는 상황에 답답하기만 했다. 그 '입천장의 구멍'은 구개열이었다. 구개열(Cleft Palate)은 선천적으로 입천장이 뚫려 있는 것이다. 임신 초기 태아의 입술과 입천장이 원래 갈라져 있다고 한다. 엄마 배 속에서 자라면서 붙어야 하는데, 그렇지 못한 경우 구개열(입천장이 열려 있는 상태)이나 구순열(윗입술이 갈라져 있는 상태)이 나타나는 것이다. 다른 선천성 기형과 마찬가지로 원인이 명확히 밝혀지지 않았고 유전적 요인으로 나타날 수 있다고 한다. 원인을 모르면 다 유전적 영향이고, 염색체 이상인 건가? 아직 어떤 상황인지 정확하게 모르니 더 답답하기만 했다. 심장의 구멍은 태어나서 수술하면 된다고 했는데, 입천장 구멍도 수술하면 되겠지? 막연히 기다려 보기로 했다. 그것 말고는 아무도 없는 병원 복도에서 할 수 있는 것이 없었다.

20~30분을 서성이다 보니 회복실에서 아내가 나왔고 병실로 옮겨졌다. 안정된 후에 루미의 사진을 보여줬다. 너무 정신없는 상태에서 찍어서 사진이 흔들리고 어둡게 찍혀서 아쉬웠다. 출산이 임박해서 병원에서 초음파 사진을 출력해 준 적이 있었는데, 정말 신기하게도 초음파 사진 속 얼굴 그대로였다. 루미 사진을 보면서 아내는 말했다.

"진짜 초음파 사진이랑 똑같네. 코만 안 닮았으면 했는데, 코만 닮은 것 같아."

"아냐 코도 닮고 얼굴도 자기 닮았어."

내가 말했다. 그렇다. 코를 포함한 얼굴 전체가 아내와 판박이였다. 신기하게도 엄마 얼굴 그대로였다.

신생아집중치료실(NICU)에서의 첫 면회는 나 혼자 갔었다. 아내가 수술 후 바로 움직일 수가 없었기 때문이다. 그리고 어차피 코로나19 때문에 면회도 보호자 1인만 가능했다. 일회용 가운을 입고 손을 씻고 멸균 장갑까지 끼고 나서 신생아집중치료실(NICU)에 들어갈 수 있다. 신생아집중치료실(NICU)과 인큐베이터(Infant Incubator)를 혼동하는데, 인큐베이터(Infant Incubator)는 미숙아나 출생 시 면역 체계 등에 문제가 있는 신생아가 충분히 성장할 때까지 인공적으로 아이를 성장시키는 기계이다. 신생아집중치료실(NICU)과는 다르다.

ICU(Intensive Care Unit)는 집중치료실, 즉 중환자실이다. NICU(Neonatal Intensive Care Unit, 신생아집중치료실)는 말하자면 신생아중환자실이다. 신생아를 집중적으로 관리할 수 있도록 여러 장치가 있고, 태어나자마자 해야만 하는 수술을 기다리는 신생아가 많다. 이러한 신생아집중치료실

(NICU)을 의료진들은 '엔아이씨유'라고 하지만 보호자들은 그냥 '니큐'라고 부른다.

떨리는 마음으로 루미 앞으로 갔다. 이미 코와 입에 호흡기를 낀 채로 자고 있었다. 아무것도 없는 맨얼굴은 분만실에서 나와 신생아집중치료실(NICU)로 들어가기 전 약 3분도 안 되는 시간이었을 것이다. 자는 모습이 너무 안쓰러워 보였다. 이렇게 예쁜 아기 얼굴에 호흡기를 연결해 놓았고 얼굴 이곳저곳에 반창고를 붙여놓아서 얼굴을 제대로 볼 수 없었다.

첫 면회라 사진이나 동영상 촬영을 허용해 줬다. 이 귀여운 아기를 아내가 얼마나 보고 싶어 할까? 아내에게 보여주려고 휴대폰으로 사진과 동영상을 촬영해서 보여줬다. 아내는 너무 좋아했다. 또 너무 슬퍼했다. 내 아이라는 것에 감격했고 태어나자마자 엄마와 떨어져 안아주지도 못하고, 여러 기기를 몸에 붙이고 있어야 한다는 것에 미안해했다.

아내가 산부인과에 입원해 있는 동안에는 신생아집중치료실(NICU)과 병실이 가까워서 마음이 편했다. 비록 하루에 두 번밖에 볼 수 없지만 같은 건물 안에 같은 층에 있는 것만으로도 만족해야 했다. 수술 후 완전히 회복된 상황이 아니기 때문에 많이 움직일 수도 없었지만, 아내는 병실에 누워서도 루미 걱정뿐인 엄마였다.

옆의 환자는 출산 후 아기가 엄마와 함께 있었다. 아마도 신생아실에서 나와서 모자동실로 가기 전에 하룻밤을 일반병실에서 엄마와 함께하는 듯했다. 옆의 아기가 밤새도록 울어댔다. 아빠가 어쩔 줄 몰라 밤새 아이를 달래보고 진정시켜도 좀처럼 울음을 그치지 않는다. 밤새도록 울어젖히는데 지치지도 않는다. 다음 날 아침 복도에서 옆 침대 아기 아빠와 마주쳤다.

"죄송해요. 어젯밤에 잠 못 주무셨죠? 아기가 너무 울어서…. 죄송해요. 정말 죄송해요."

"아니에요. 괜찮아요. 신경 쓰지 마세요. 아기도 낯설만하죠."

옆 침대의 아기 아빠는 나에게 연신 미안하다고 했고, 나는 괜찮다고 했다. 괜찮다고는 했지만 사실 잠을 거의 못 자서 피곤하긴 했다. 하지만, 옆 침대의 아기는 엄마·아빠와 함께 있었고, 우리 루미는 하루에 두 번, 그것도 엄마 또는 아빠 한 명씩만 만날 수 있었다. 아내와 내가 교대로 면회를 했기 때문에, 결국 하루에 한 번만 만날 수 있어 옆 침대에 누워 있는 아기의 그런 울음소리까지 부러웠다. 다른 아기의 울음소리마저도 부러운 상황이었다.

그런데 루미는 시간이 지나 일반병동으로 와서도 많이 울지 않았다. 힘들어서 울 힘도 없었는지 잠을 자는 시간이 많았고, 배가 고프거나 기저귀를 갈아야 할 때도 우는 법이 없어서 먹을 시간이 되면 알아서 분유를 줘야 했고, 기저귀도 수시로 확인해서 갈아줘야 했다. 울지 않는 루미가 안쓰럽게 느껴졌다. 그때 문득 옆 침대에서 밤새도록 울어젖히던 아기가 생각났다. 엄마·아빠가 필요한데도 불구하고 울지 않는 루미에게 말했다.

"아가야! 힘들면 울어…. 배고프면 울어…. 엄마·아빠가 필요하면 참지 말고 울어도 돼!"

물론 울음을 참았을 리는 없다. 배 속에서도, 태어나서도 너무 힘들어 울 힘도 없는 것이 아닌가? 하는 생각에 루미에게 또 미안해졌다.

보고 싶고 안아주고 싶어
'루미가 서우가 된 날'

루미가 태어난 지 일주일 정도 되었을 때 아버지는 작명소에서 이름을 받아 오셨다. 여러 가지 이름 중에 우리는 '서우'라는 이름을 선택했다. 길들일 서, 해 돋을 우. 해 돋는 곳에 깃들라는 뜻. 희망적이고 건강한 이름이었고, 부르기도 쉬웠다. 아내는 신생아집중치료실(NICU)에 '김지현 아기'라고 되어 있는 이름표를 아기의 이름으로 바꿔주고 싶어 했다. 아기 이름으로 된 병원 등록카드도 발급받고 싶어 했다.

우리는 병원에서 발급받은 출생증명서를 가지고 병원 근처 송파구청에 가서 출생신고를 했다. 드디어 '루미'가

'서우'가 되었다. 서우가 태어날 때와는 또 다른 가슴 뭉클함이 있었다. 이제 서류상으로 우리 셋은 한 가족이 되었다는 것이 뿌듯하기도 했고, 가족이 한 명 늘었다는 것에 책임감도 더 느끼게 되었다. 출생신고 절차는 복잡하지 않았다. 출생신고서를 작성하고, 인명에 사용되는 한자표에서 이름에 사용하고자 하는 한자를 골라 동그라미 표시를 하고, 병원에서 발급받은 출생증명서와 함께 제출하면 몇 분 안에 신고가 완료된다. 신고가 완료되어 병원에 이름을 등록하고 '박서우'라는 이름으로 병원 등록카드도 발급받고 드디어 침대에 '박서우'라는 이름표를 달았다.

'서우'라는 이름을 가진 내 딸에게 "서우야!"라고 빨리 불러주고 싶었다. 코로나19로 서우 얼굴 한번 보기가 너무 힘들었다. 코로나19 때문에 병원 출입이나 면회도 자유롭지 못하였다. 신생아중환자실에 입원해 있다는 보호자 명찰을 소지하고 체온을 재서 정상체온이 나와야 병원에 들어갈 수 있었고, 신생아집중치료실(NICU) 앞에서 키오스크로 본인확인을 하고, 간호사 한 명이 일일이 환자 이름과 병원 등록번호를 확인하면 들어갈 수 있다. 하루 두 번의 면회조차 아빠나 엄마 한 명만 들어갈 수 있었고, 30분의 면회 시간이 주어지는데 손을 씻고 일회용 가운을 입고 장갑까지 끼고 준비를 하다 보면 20분 남짓한 시간 동안 면회가 이루어진다. 아기들은 잠을 자는 시간이 많아서 눈을 뜬 모습을 보는 것은 하늘의 별 따기이다. 언제 한번은 면회 준비를 하고 서우에게 다가갔는데, 간호사가 먼저 얘기해 줬다.

"서우가 눈 뜨고 있어요. 방금 잠에서 깼어요."

너무 예쁜 눈이었다. 내가 아빠인 걸 아는지 내 눈을 보고 "아빠!"라고 부르는 것 같았다.

"서우야! 힘들겠지만 조금만 기다려! 아빠랑 같이 집에 가자!"

수도 없이 이 말을 해주었다.

'서우야! 힘들게 해서 아빠가 너무 미안해.'

라고 말하면 울컥해서 속으로만 되뇌었다. 너무나도 안아주고 싶었다. 손을 만져보고, 발도 만져보고, 얼굴도 만져보았지만, 실리콘 장갑을 끼고 만질 수밖에 없었다. 살결을 느끼지 못했다. 품에 꼭 안아주면서 사랑한다고 말해주고 싶었다.

"사랑해~ 서우야! 아빠가 너를 끝까지 지켜줄 거야! 그러니까 안심해!"

'아기 앞에서는 울지 말자!' '네가 울면 아기가 더 무서울 거야! 네가 힘을 내야 아기도 힘을 내지!' 면회 전에 항상 다짐하고 들어갔다. 하지만, 서우가 눈을 뜨고 있으면 눈물을 더욱 참을 수가 없었다. 낯선 환경에서 빨리 꺼내달라고 애원하는 듯 계속 내 눈을 바라보았다. 그런 서우의 눈을 보며 나는 흐르는 눈물을 훔치며 서우에게 말했다.

"곧 건강해질 거니까 조금만 참자!"

일주일쯤 되었을까? 황달 수치가 올라갔다고 해서 눈을 가려놓았다. 황달은 혈중 빌리루빈 증가로 나타나는데, 대부분은 큰 문제 없이 좋아지지만 심하면 신경계 손상을 줄 수 있어 치료가 필요하다고 한다. 보통 광선치료를 하는데, 빌리루빈을 흡수하는 파장의 광선을 쬐어서 간을 거치지 않고 대사를 통해 배출할 수 있게 한다고 한다. 광선치료를 계속하고 있어 눈에 좋지 않기 때문에 눈을 가려놓았다.

광선치료를 하는 동안에는 눈을 뜨고 있어도 눈을 볼 수 없었다. 황달 치료가 끝나고 난 후에 면회하러 갔을 때였다. 일요일이었는데 다음 날 출근을 해야 해서 저녁 면회를 하러 갔다. 며칠 못 볼 수 있으므로 서우를 눈에 가득 담아가려고 얼굴을 가까이 가져갔다. 그 순간 서우가 눈을 떴다. 서우를 바라보던 나는 깜짝 놀라 "서우야!"라고 이름을 불러주었다.

'아빠! 난 괜찮아! 너무 걱정하지 마!'

기특하게도 태어난 지 2주도 안 된 딸내미가 아빠를 안심시키는 눈빛이었다.

"서우야! 씩씩하게 잘하고 있어! 아빠가 또 올게!"

작별 인사를 하고 면회를 마쳤다.

태어난 아기를 한번 안아보지도 못하고 아기를 신생아 집중치료실(NICU)에 홀로 둔 채로 아내는 퇴원했다. 그리고 병원 근처의 산후조리원으로 아기 없이 혼자 입소하였다. 서울아산병원 근처에는 이렇게 아픈 아기들을 병원에 두고 엄마만 입소하는 산후조리원이 몇 개 있다. 신생아실은 있지만 신생아는 없고 엄마들만 있다. 아내는 예약해 둔 산후조리원으로 입소하였다. 병원에서 제일 가까운 산후조리원이었고 정말 이 산후조리원에는 아기가 없었다. 전부 병원에 아기를 두고 산후조리원에 입소한 엄마들만 있었다.

나는 회사에서 출산휴가 3일에 더해 특별휴가 10일을 더 쓸 수 있었다. 조만간 심장 수술이 있어서 특별휴가 10일은 심장 수술을 하고 나서 쓰려고 아껴두었다. 배우자는 산후조리원에 상주가 가능해서 며칠 동안은 산후조리원에서 출근하기도 했다. 심장 수술 일정이 있어서 산후조리원은 한 달 정도 있기로 했다. 심장 수술을 하고 다시 소아집중치료실(PICU, Pediatric Intensive Care Unit)에 들어가고 그 이후에 일반병동으로 옮겨진다. 활력징후가 정상적으로 돌아오고 호흡이 정상적으로 가능하면 일반병동으로 옮겨진다. 소아집중치료실(PICU)에서 일반병동으로 옮겨지면 보호자가 상주해야 하므로 일반병동으로 가기 전까지는 엄마들이 보통 산후조리원에 머무른다. 일반병동 전동은 바로 전날 결정되기 때문에 산후조리원에서 바로 병동으로 들어갈 수 있도록 대기하는 셈이었다.

산후조리원에서는 엄마들을 위한 프로그램이 있는데, 아내는 수술하고 몸이 회복도 안 된 상태이기 때문에 방에서 그냥 쉬는 것을 택했다. 병원에 있는 아기 걱정으로 다른 생각을 할 겨를도 없었다. 산후조리원 건물 1층에 있는 한의원에서 찜질을 받는 것이 낙이라면 낙이었다. 아내는 출산하고 몸조리도 제대로 하지 못해 한의원에서 찜질과 물리치료를 받았다. 남들처럼 정말 산후조리를 하는 것이 아니라 추운 날씨에 하루 두 번씩 아기를 보러 병원에 다녀야 해서 쉬지도 못하는 것이 마음에 걸렸는데 하루

한 번 한의원에서라도 몸을 추스르고 오라고 말해주었다.
아내는 찜질 등의 물리치료는 물론이고, 평소에 손가락 관
절이 아파 고생했었는데 손 파라핀 치료도 해주었다며 해
맑게 웃었다.

"찜질하고 적외선 치료도 하고 끝났다 싶어 나오려는데,
손 파라핀은 안 하고 가냐고 하더라고. 그것도 그냥 해주
는 건지 몰랐어. 하하하."

"아! 그래? 그렇게 해주고 얼마 받아?"

"이것저것 다 해주는데 1만 원밖에 안 해."

이렇게 많은 치료를 해주고도 1만 원밖에 안 한다며 좋아
했다. 그야말로 1만 원의 행복이었다. 소소하지만 확실한 행
복. 이것이 요즘 말로 '소확행'인가 싶었다. 서우가 병원에 있
어 우리는 걱정만 하고 지냈는데, 소소한 일에 행복해하는
모습이 왠지 안쓰러워 보이기까지 했지만, 그래도 작은 것
에 기뻐하며 웃는 모습이 예뻤다. 아내에게도 서우에게도
믿음직스러운 남편, 듬직한 아빠가 되어야겠다고 다짐했다.
나의 두 여자는 무슨 일이 있어도 내가 지켜주고 싶었다. 아
니, 지켜내야 할 의무가 있다고 하는 것이 맞을 것이다.

모유를 유축해서 병원에 가져다주기도 했는데, 젖이 안

돌아 고생했다. 아침 10시 30분과 저녁 8시 두 번의 면회 시에 겨우겨우 유축한 모유를 가져다주면 간호사 선생님들이 젖병으로 수유를 해준다. 구개열을 가진 아기들은 입천장이 열려 있어서 일반 젖병을 사용할 수가 없다. 입천장이 막혀 있어야 젖꼭지를 입천장으로 눌러 분유를 먹을 수 있는데, 입천장이 열려 있어서 공기가 새 일반 젖병으로는 분유를 제대로 먹을 수 없다. 그래서 젖꼭지 부분이 길쭉한 특수 젖병을 사용한다. 젖꼭지 부분이 길쭉하게 생겨서 손가락으로 누르면서 분유를 짜주는 식으로 분유를 먹여야 한다.

아내가 모유를 유축해서 가져다주었지만, 구개열을 가지고 태어난 루미는 특수 젖병으로 먹어야 했고, 신생아집중치료실(NICU)의 담당 간호사는 구개열 때문인지 심장의 구멍 때문인지 특수 젖병마저도 힘들어한다고 했다.

결국 피딩튜브, 흔히 말하는 콧줄을 끼고 주사기로 수유를 할 수밖에 없었다. 그리고, 심장에 무리가 생길 수 있어 병원에서 처방되어 나오는 저지방의 특수 분유를 먹어야 한다고 했다. 그 특수 분유를 그때부터 꽤 오랫동안 먹어야 했다. 초유를 먹이면 좋다고 해서 젖이 잘 돌지 않아 고생스러웠지만 겨우겨우 유축해서 가져다주었던 모유도 이제 먹지 못하게 되었다.

분유라도 잘 먹어주기를 바랐다. 잘 먹어주어야 체력도 유지가 될 것으로 생각했고, 잘 먹어주면 서우의 상태가 괜찮다고 느껴졌다. 잘 먹고 건강해지길 바라면서 서우를 품 안에 꼭 안아줄 수 있는 날이 빨리 오기를 기다렸다.

구멍을 막을 수 있을까?
'첫 번째 심장 수술'

신생아집중치료실(NICU)에서 상담이 진행되었다. 아기가 엄마 배 속에 있는 태아 상태일 때, 폐는 양수로 채워져 있어 폐호흡을 하지 않는다. 태아는 모체 안에 있을 때는 태반을 통하여 산소 영양분을 공급을 받는다. 그래서 대동맥과 폐동맥 사이를 이어주는 동맥관이 존재한다. 우심실 혈액이 동맥관을 통하여 하행 동맥으로 흘러들어 가기 때문에 폐를 통하는 폐순환을 하지 않는다. 출생 후 태반에서 분리되고 자가 호흡과 폐순환을 하게 되면서 이 동맥관이 저절로 닫히는데 지금 서우는 동맥관이 닫히지 않은 상태라고 했다.

'이건 또 무슨 소리지? 동맥관이 열려 있으면 어떻게 해야 하는 거지?' 걱정에 또 걱정이 시작되었다. 하지만, 동맥관은 조금 더 지켜보다가 수술 전까지 닫히지 않으면 약물을 주입하면 닫힌다고 했다. '약물을 주입하면 동맥관이 닫힌다고?' 솔직히 이해하지 못했지만, 일단 닫힌다고 하니 안심하고 지켜보았다. 약물로 안 닫힌다면 심도자술을 할 수도 있다고 했다. 심도자술이란? 코일 관을 허벅지 혈관으로 넣어 심장까지 도달하여 시술하는 것이다. 약물을 써서 닫히지 않는다면, 물리적으로 닫아주는 시술이 필요한 것이었다.

동맥관은 결국 수술 전까지 닫히지 않았지만, 약물을 주입하고 나서 동맥관이 닫혔다. 병원에서 시간이 지날수록 하나씩 하나씩 걱정거리가 늘어갔다. '다음엔 또 무슨 일이 일어날까?' 이제는 더 조심스럽고, 겁이 났다.

2020년 2월 17일. 태어난 지 2주가 채 안 되어서 심장수술을 하게 되었다. 6층 신생아집중치료실(NICU)에서 나와서 2층 수술실까지 서우와 같이 이동했다. 수술실 앞에 다다르자, 수술실 문이 열리고 서우와 인사했다.

"서우야! 잘하고 와! 엄마·아빠는 여기서 기다릴게."

서우의 눈이 엄마·아빠를 번갈아 보는 것 같았고, 왜 엄마·아빠는 같이 안 가고 나 혼자 가야 하는지 물어보는 눈빛이었다. 제대로 인사를 나눌 새도 없이 몇 초 만에 수술실 문은 닫히고, 수술은 오후 3시 45분에 시작되었다. 아내와 나는 수술실 밖에 있는 벤치에서 손을 꼭 잡고 기다렸다. 수술하면 괜찮아질 거라고 믿고 있었지만, 태어나자마자 안아보지도 못하고 수술실에 딸아이를 보낼 수밖에 없었던 상황이 너무너무 미안했다. 말도 못 하는 아기가 차가운 수술대에 누워서 얼마나 무서웠을까?

수술은 3시간 30분에서 4시간 정도 걸릴 것이라고 했지만, 예상보다 한 시간 정도 더 걸렸다. 저녁 8시가 넘어선 시간까지 수술이 계속되었는데, 무슨 문제가 있나 걱정이 되어 도저히 앉아 있을 수 없었다. 그렇다고 할 수 있는 것이라고는 시계를 보며 수술실 앞을 왔다 갔다 서성이는 일밖에 없었다. 분명히 구멍만 막으면 된다고 했고, 보통 심장 수술은 기본이 4시간 정도 걸린다고 했다. 어려운 수술이 아니니 특별한 상황이 아니라면 4시간 이상은 걸리지 않을 것 같다고 했다. '이제 곧 끝나겠지?' 생각하면서 수술실 앞을 서성인 지도 한 시간 이상이 지난 것 같다. 8시 30분쯤 되었을까? 수술을 담당한 교수가 수술실에서 나와서 보호자를 찾았다.

"심장을 열었는데, 결손 부위를 도저히 막을 수가 없어서 결손을 막지 못했어요. 또 심장이 부어 있는 상태라서 가슴을 닫지 못한 상태로 나왔어요. 며칠 후에 부기가 가라앉으면 그때 봉합술을 다시 해야 할 것 같습니다."

무슨 일이 있긴 있었다. 심실중격결손증이라고만 했었는데, 수술실에 들어가 심장을 열어보니, 우심실과 우심방 사이에 있는 승모판막의 일부가 결손 부위를 통해 좌심실로 넘어가 있다는 것이다. 그래서 결손 부위를 그냥 막아버리면 승모판막이 제 기능을 못 할 수가 있고, 판막이라는 것은 한번 손상이 되면 인공판막으로 대체해야 하는데, 인공판막은 아이가 자랄수록 심장 크기에 맞게 바꿔줘야 하고, 합병증의 위험도 있어 판막을 건드리는 것이 쉽지 않은 상황이라고 했다.

결손 부위를 막지 못했기 때문에 결손 부위를 통해 좌심실에서 대동맥을 통해 우리 몸으로 순환해야 할 혈액이 우심실로 흘러 폐동맥으로 과다유입 되어 폐동맥 고혈압이 발생할 수 있다고 했다.

"몸으로 보내져야 할 혈액이 구멍을 통해 폐로 흘러 들어갈 수 있어요. 그러면, 폐동맥에 고혈압이 생길 수 있어요. 그래서 심장에서 폐로 가는 혈관인 폐동맥을 조금 묶어놓았어요."

"네. 그러면 구멍을 막고 나면 폐동맥 묶어놓은 것을 푸는 건가요?"

"네. 일단 당장은 구멍을 막을 수 없기 때문에 임시 조치를 취했다고 생각하시면 돼요."

"네. 알겠습니다. 교수님."

폐동맥 고혈압이 지속되면 폐동맥이 손상될 수 있으므로 결손 부위를 막지 못하면 폐동맥의 크기를 줄여줘야 한다고 한다. 게다가 현재는 서우가 심장이 부어서 가슴을 닫지도 못한 채 누워 있다고 하니, 가슴이 철렁 내려앉는 느낌이었다.

배 속에서부터 심장병이라는 것을 알고 있었고, 태어나고 나서 구개열이 있다는 것을 알았고, 신생아들의 60% 정도는 앓는다고는 하지만 황달 현상도 있었고, 태어나서 닫혀야 할 동맥관도 닫히지 않아 약물치료를 하였다. 수술만 하면 괜찮을 줄 알았던 심장의 구멍도 막지 못하고 나왔고, 지금은 가슴을 열고 엄마·아빠도 없는 회복실에서 혼자 이 상황들과 싸우고 있다. 아내는 울음을 참지 못했다. 나도 마찬가지였다. 한참을 벤치에 앉아 둘이 부둥켜안고 눈물을 흘렸고, 그러는 와중에 서우는 회복실에서 소아집중치료실(PICU)로 옮겨졌다.

서우는 이제 신생아집중치료실(NICU)이 아닌 소아집중치료실(PICU)로 갔다. 신생아집중치료실(NICU)은 태어나서 바로 치료 등의 조치가 필요한 신생아만 들어갈 수 있고, 그 후에는 소아집중치료실(PICU)에서 치료받는다. 소아집중치료실(PICU)로 옮겨진 서우를 면회할 시간이 주어졌다. 수술 후에는 엄마·아빠 둘 다 들어갈 수 있게 해주었다. 아직 마취에서 깨지 않은 서우는 여전히 호흡기를 달고 있었고, 심박 수나 산소포화도는 괜찮았다. 가슴을 열고 있어서 가슴에는 거즈가 덮여 있었고, 상의가 벗겨진 상태로 시트를 덮고 있었다. 서우를 보자마자 또 눈물이 터졌다. 서우 앞에서 눈물을 보이지 말자고, 속으로 자신을 다그치며, 서우가 잘 버텨주기를 바라면서 면회를 끝냈다.

면회를 마치고, 담당 교수 면담이 있었다. 수술이 끝나고 수술실 앞에서보다 자세하게 설명을 해주었다. 승모판막이 결손 부위로 넘어가 있었다는 설명이었고, 일단은 가슴을 열고 나왔기 때문에 심장 부기가 가라앉으면 봉합술을 할 것이라고 했다. 그리고 추후 치료 방향에 관해서 설명해주었는데, 아기의 심장이 자라면서 모양이 변할 수도 있으니, 첫돌쯤에 다시 수술하자고 했다.

"일단 열어보니까 좌심방과 좌심실 사이에 승모판막의 뿌리가 심실에 난 구멍으로 좀 넘어가 있었어요. 그래서 구멍을 못 막고 나왔어요. 아직은 심장이 작기 때문에 조금 자라면서 심장의 모양 변화를 보면서 수술 방향을 설정해야 할 것 같아요."

"네. 서우가 가슴을 열고 있다고 했는데, 봉합 수술을 언제 할 수 있는 거예요?"

"아. 심장이 조금 부어서 봉합 수술을 못 했는데, 부기는 하루 이틀 정도면 빠져요. 일단 부기가 빠지면 바로 닫을 거예요."

"네. 알겠습니다."

결손 부위로 인하여 대동맥을 통해 신체로 공급되어야 할 혈액이 폐로 갈 수가 있어서 폐 혈류량 증가로 인한 고혈압이 발생할 수 있고, 심장 기능 저하로 신체에 혈액 공급이 제대로 안 되어 심부전이 생길 수도 있다. 일단은 이러한 증상 등을 완화할 수 있는 약을 먹어야 했고, 자라는 심장의 모양을 계속 지켜보면서 수술 방향을 결정하자는 얘기였다. 한 번에 끝내지 못해서 걱정이 많이 되었지만, 담당 교수를 믿고 기다리기로 했다.

아내와 나는 한동안 망연자실한 상태였다. 일단 회복을

먼저 생각하기로 했다. 수술하고 며칠이 지나 부기 때문에 봉합을 못 했던 가슴 봉합술이 이루어졌다. 그러고 나서 호흡이 안정적으로 돌아와야 일반병동으로 갈 수 있다. 우리는 하루라도 빨리 서우를 안아보고 싶었다. 하지만 서우는 아직 인공호흡기의 도움을 받아 호흡하는 중이었다. 호흡이 정상적으로 돌아와야 일반병동으로 올라갈 수 있다. 아내는 서우가 태어나고 한 달이 되도록 안아보지 못해 하루라도 빨리 일반병동으로 올라가서 서우를 돌보기를 바라고 있었지만, 서우의 호흡이 계속 불안정해서 어쩔 수 없는 상황이었다.

일반병동으로 가도 한동안은 가슴을 대고 꼭 안아줄 수 없었다. 가슴의 봉합 부위가 어느 정도 아물어야 품에 꼭 안아볼 수 있었다. 하지만, 서우는 엄마·아빠의 손길을 좀처럼 허락하지 않았다. 소아집중치료실(PICU)에서의 서우는 호흡이 안정적으로 돌아오지 않아 계속 인공호흡기의 도움을 받으며 호흡할 수밖에 없었다. 일반병동으로의 전동은 아침에 결정되는데, 매일 아침 우리는 병원에서 오는 전화를 기다리는 것이 습관이 되어버렸다.

"빨리 일반병동으로 갔으면 좋겠어. 매일매일 서우를 보고 싶어."

아내는 간절했다. 내 자식을 내 품에 안아보고 내가 돌
보고 싶은 엄마의 심정이었다. 그렇게 그날을 간절하게 기
다렸다.

괜찮지만 안 괜찮아

수술을 마치고 소아집중치료실(PICU)에 들어간 지 2주가 지나 호흡이 안정되어 서우가 태어난 지 한 달이 되던 2020년 3월 4일, 드디어 일반병동 전동이 결정되었다. 서우는 인공호흡기 없이 스스로 호흡을 할 수 있었고, 별다른 이상 징후가 없었기 때문에 일반병동으로 갈 수 있게 되었다. 아내는 산후조리원을 바로 퇴소하고, 서우와 함께 일반병동으로 들어갔다. 드디어 처음으로 서우가 엄마 품에 안길 수 있었다. '이제 엄마가 지켜줄게.' 엄마가 꼭 안아주면, 서우도 금방 회복할 것 같았다. 보호자 한 명만 상주할 수 있어서 아내만 병실에 있을 수 있었지만, 일반병동으로 옮기던 날 짐을 옮겨주느라 잠깐 동안 나도 병실에 들어갈 수 있었다. 잠깐 동안이지만 서우를 들어 올려 안아주었다. 재봉합 수술을 해서 가슴을 압박하면 안 되서 양손으로 잠깐 들어 올리는 것이 전부였다. 처음 서우를 안은 순간 가슴이 벅차올랐다. 너무 작고, 너무 가벼웠던 서우. 가볍지 않은 3.8kg으로 태어났지만, 구개열이 있어 젖병을 제대로 빨 수 없었기 때문에 분유를 잘 먹지 못해서 살이 계속 빠졌다.

젖병을 잘 빨지 못한 서우는 계속 피딩튜브로 분유를 먹어야 했다. 코에 관을 넣어 주사기에 분유를 일정 용량만큼 담아 매달아 둔다. 특수 분유 성분 때문인 건지 서우는 분유를 먹고 자주 토했다. 거의 분수처럼 나오는 분수토였다. 원래 아기들은 식도부터 위까지의 거리도 짧고 위가 크지 않아 잘 토한다고 하는데, 분유를 넣어줄 때마다 토하지 않을 때가 없었다. 피딩튜브를 입으로 넣은 적이 있었는데, 토할 때마다 관이 밖으로 나와서 그 이후로는 계속 코로 넣었다. 계속 토를 하니 한 번에 주는 용량을 줄였다. 용량을 줄이면 줄일수록 분유를 줘야 하는 주기가 짧아지기 때문에 2~3시간마다 주던 것을 1~2시간마다 주어야 했다. 아내는 급기야 쓰러지기 일보 직전이었다. 나는 아껴두었던 특별휴가 10일을 쓰기로 했다. 아내와 교대로 서우를 봐야 했다. 코로나19로 보호자 출입이 제한되던 상황이었다. 병실에 계속 같이 있을 수가 없었고, 잠깐씩 보호자 교대를 핑계로 드나들 수 있었다. 나는 병원 로비에서 쉬고 있다가 아내가 쉬어야 하는 시간에 병실로 가서 서우를 돌보았다. 그것도 휴가를 낸 열흘 남짓밖에 할 수 없었다.

분유에 적응하고, 서우 상태가 안정되어야 비로소 퇴원할 수 있는데, 분유는 계속 토하고 있었고, 서우는 계속 잠만 잤다. 잠만 자는 서우가 조금 걱정되었다. 물론 힘든 수술을 버텨냈고, 그동안 집중치료실에서 힘든 나날을 보냈기에 서우가 버틸만한 힘이 없었나 보다 생각했다. 하지만 신생아가 원래 하루에 수면시간이 16시간 정도라고 봤을 때도 서우는 거의 20시간 가까이 잠을 자고 있어 걱정되었고, 진료를 의뢰했다.

결국 의학유전학과에서 유전자 검사를 한번 해보자는 얘기를 했다. 선천적으로 문제가 있는지 확인해 보자는 것이었다. 일단 검사를 해보기로 하고, 혈액채취를 하였다. 며칠 후, 검사 결과가 나왔는데 확실한 설명도 없이 '누난 증후군'일 수도 있다고 얘기를 했다. '뭐라고? 누난 증후군이 뭔데?' 확실한 진단도 아니고 '~일 수도' 있다니…. 정확한 판단을 위해서 정밀검사를 해봐야 안다고 했다. 정밀검사 결과가 나올 동안 우리는 '누난 증후군'에 대해서 알아보았다. 병원에서는 친절하게 설명을 해주지 않는다. 그동안 우리에게 구글이 의사이자, 도서관이었다.

누난 증후군에 대해서 구글링을 한 결과, 누난 증후군은 유전자 돌연변이에 의한 유전자 질환으로 뾰족머리증, 양안격리증(두눈먼거리증), 낮은 코, 높은 입천장, 심실중격결손 등의 증상이 있다고 하는데, 계속 서우의 머리, 눈, 코를 유심히 보게 된다. 아직 신생아라서 분간이 가지는 않지만, 머리가 뾰족하게 솟아오른 것 같기도 두 눈이 먼 것 같기도 하고, 코가 유난히 낮았다. 게다가 구개열이 있었는데 입천장도 높은 상태였다. 심장만 고치면 될 줄 알았는데, 산 넘어 산이었다.

하지만, 결국 누난 증후군은 아니었고, 정밀검사 결과 염색체 미세결실이 있었다. 병원에서는 이 미세결실로 인해 심장병과 구개열이 생긴 것으로 판단하고 있었다. 서우는 10번 염색체 미세결실이 있었는데, 미세결실이라고 해서 절대 가벼운 것이 아니었다. 10번 염색체 중 일부가 결실되었다는 뜻인데, 이 결실 부위 중에 PTEN, BMPR1A 등 종양 억제를 해주는 유전자가 있고, MINPPA, PAPSS2 등 골

격 형성에 영향을 주는 유전자도 있다. 외형적 특징은 두 눈먼거리증, 낮은 코, 구개열, 심장기형 등 누난 증후군과 비슷했다. 유전자 질환의 대부분이 비슷한 증상을 가지고 있었다. 그 외에 발달 지연이 있을 수 있다고 했다. 외형적 특징은 아직 신생아라서 명확하게 판단하기는 어려웠다. 가장 많이 신경이 쓰였던 것은 종양 억제 유전자와 발달 지연이었다. 물론 이러한 문제들이 발현될 수도 있고, 발현되지 않을 수도 있다고 했다. 유전자 질환은 원인치료가 불가능해서 발현되지 않게 할 수는 없고, 발현되면 치료하는 대증치료밖에 방법이 없다고 했다. 발현되지 않기를 바라는 수밖에 없었다. 증상이 나타나더라도 최대한 늦게 나타나기를 바랐다. 어떤 증상이건 간에 최대한 늦게….

힘들었다. 아내도 힘들었고, 나도 힘들었다. 나는 이제 출근해야 했고, 시간이 날 때마다 병원을 왔다 갔다 했다. 생각보다 길어진 병원 생활에 필요한 물품들을 가져다줘야 했다. 퇴근하고 아내와 서우가 없는 집에 혼자 있는 것이 힘들었다. 하지만, 병원에 가도 병동에 들어가는 건 제한적이었다. 코로나19 확진자가 계속 늘어나고 있어 병원에서 보호자 출입제한이 철저하게 이루어지고 있어 보호자 교대 목적이 아니라면 병동에 들어가지 못했다. 필요한 물품 정도만 전달하고 돌아와야 했다.

집에서 병원까지는 차로 40분 거리에 있었는데, 집과 병원을 오갈 때 차 안에서 흘러나오던 두 곡의 노래가 아직도 기억 속에서 지워지지 않는다. 그중 하나가 YB의 〈흰수염고래〉였다. 크고 작은 힘든 일을 겪을 때마다 위로받기 위해 들었던 노래였다. 지치고 힘들 때 숨기지 말고 얘기해 달라는 내용이다. 그 노래는 나에게 "넌 혼자가 아니야!"라고 말해주고 있었다. 순간 가슴에서부터 뜨거운 무언가가 올라와 눈물로 터져버렸다. 가슴에서부터 터져 나온 눈물을 경험한 것이 처음이었다. 가슴이 뜨거워지고, 움찔움찔하며 온몸이 떨리더니, 이내 눈에서 폭풍 같은 눈물이 쏟아져 버렸다.

'괜찮아~ 괜찮아~ 네가 무너지면 안 돼! 괜찮을 거야!'

속으로 혼자서 수도 없이 되뇌었다. 내가 무너지면 아내도 서우도 못 버틸 것으로 생각했기 때문에 안간힘으로 버텨냈다.

'난 괜찮아! 서우도 괜찮아질 거고 아내와 나 그리고 서우는 모두 행복해질 거야!'

자신을 스스로 위로하며 버텼는데, 노래 가사 한 줄에 참아왔던 눈물이 터져버렸다. 나도 누구에게 위로받고 싶었는지, 괜찮은 게 아니었는지, 그렇게 혼자 눈물을 흘리면서 운전을 하며 집으로 왔다.

그리고 또 하나는 폴킴의 노래였다. 그 당시 폴킴의 노래를 좋아해서 차 안에서 자주 듣던 노래였다. 생각할수록 정말 어이가 없는 부분에서 또 한 번 터졌다. 〈있잖아〉라는 노래인데, 좋아하는 사람에게 고백하는 내용의 가사이다. 고백을 망설이던 한 남자가 고백을 하면서 설레는 마음과 사랑을 결심하는 마음을 표현한 노래이다.

"지금 난 하나도 괜찮지가 않아."라고 말하고 있었다. 지금 너에게 사랑을 고백하지 않으면 널 그냥 잃어버릴까 봐 괜찮지가 않다는 내용이었다. 사랑을 고백하는 노래였지만, 노래 내용과는 상관없이 "널 잃을까 봐 괜찮지가 않아."라는 가사만 들렸다. '괜찮아, 괜찮아!' 하루에도 수도 없이 되뇌었던 말이지만, 안 괜찮았다. 눈물이 쏟아져 버렸다. 눈물이 눈앞을 온통 덮어버려 운전도 할 수 없었다. 어두운 밤 올림픽대로 갓길에 차를 세워놓고 한동안 눈물을 흘렸다. 크게 소리 내서 울었다. 서럽게 울었고, 자동차 핸들을 마구 흔들며, 흐르는 눈물을 닦을 새도 없이 펑펑 울어버렸다. 괜찮은 척했지만 괜찮지 않았던 것이었다. 괜찮을 리가 없었다. 아내와 딸내미를 병원에 두고 앞을 알 수 없는, 언제 터질지 모르는 시한폭탄을 들고 있는 기분이었다. 서우에게 너무 미안했고, 아내에게도 너무 미안했다. 막막하기도 했었고, 무섭기도 했다. 막막하고 무서운데, 막막하고 무섭다고 말할 사람이 없었다. 그렇게 말해버리면 나약한 아빠, 책임감 없는 남편이 될 것으로 생각했는지, 혼자 이겨내려고 씩씩한 척을 했었다. 그러나, 차에서 흘러나오던 노래 가사에 무너져 내렸다. 한동안 눈물이 멈추지 않았다.

그렇게 몇 번을 실컷 울고 나니 신기하게도 힘이 생겼다. 두 여자를 지킬 용기가 생겼다. 카타르시스라고 해야 할까? 가슴에 먹먹하게 쌓여 있던 어떤 것들이 싹 씻겨 내려가는 것 같았다. 그냥 지켜보는 일밖에는 내가 할 수 있는 것이 없어서 가슴이 답답하고, 먹먹했었다. 의료진을 믿고 기다리는 수밖에 없었다. 그냥 현재에 충실하면서 서우를 돌보고, 아내를 위로해 주는 것 외에 할 수 있는 일이 없어 가슴이 답답했다. 왜 우리에게 이런 시련을 주었는지 하늘을 원망해 보기도 하고, 내 잘못인가 싶어 자책을 하기도 했다.

모든 가족들이 걱정을 많이 하고 있었다. 현재 상황을 문자로 알렸다. 서우가 있는 신생아집중치료실(NICU)에선 사진 촬영을 금지하고 있지만 몰래몰래 한 장씩 찍어서 보내곤 했었다. 사진을 보면 더 걱정하겠지만, 현재 상황을 가족들과 공유하는 것이 더 나을 것 같다는 판단에 사진과 함께 병원일지를 간단하게 써서 휴대폰으로 메시지를 보냈다. 잘 있다고 하면 거짓말일 것이 분명하고, 현재 상황을 정확하게 알려야겠다고 생각했다. 하루하루 면회하고 나서 의사들이나 간호사들이 얘기해 주는 것을 듣고 정리해서 보냈다. 지금 생각해 보면 그렇게라도 해서 위로나 응원을 받고 싶었는지도 모르겠다. 코로나19로 온 나라가 난리인 상황이고 감염 우려로 사람들도 만나기 어려운 상황에 아기는 병원에 있고 아내는 출산하고 몸조리도 제대로 못 한 상태로 있었다. 그런 상태에서 말하고 싶었는지도 모르겠다.

'서우가 잘 이겨낼 수 있게 응원해 주세요!'

가족들의 한마디 한마디가 정말 힘이 되었다.

아내와 같이 산후조리원에서 지낼 때였다. 아버지 전화가 왔다.

"서우는 좀 어때?"

"계속 중환자실에 있어요. 아마 곧 수술 날짜가 잡힐 것 같아요."

"정신 똑바로 차려! 네가 무너지면 안 돼! 정신 똑바로 차리란 말이야! 알았어?"

아버지 특유의 호통치듯 걱정하는 말투였다.

"네. 알았어요. 걱정하지 마세요. 연락드릴게요."

왠지 모를 눈물이 흘러나오는 것을 가까스로 참았다. 아버지가 나에게 할 수 있는 최선의 위로였다. 정신 똑바로 차리라는 말에 며느리와 손녀, 그리고 당신의 아들인 나에 대한 걱정이 녹아 있었고, 위로가 담겨 있었다.

정말 정신을 차려야 했다. 이제 시작이었다. 앞으로 어떤 일이 생길지도 모르는 상황에서 벌써 무너지면 안 되는 상황이었다.

'정신 똑바로 차리자!'

'서우야! 아빠가 널 꼭 지킨다!'

다시 한번 다짐을 하고, 괜찮아지려고 노력했다.

습관처럼 혼잣말로 "괜찮아!", "괜찮을 거야!"를 반복했다. 그러면 괜찮아질 줄 알았다. 모든 것이 괜찮아질 것 같았지만, 서우의 상황도, 아내와 나도 괜찮지 않았다. 그래도 괜찮아지길 바라면서 "괜찮을 거야!"를 반복하여 내뱉었다.

이제 집에 갈 수 있는 거예요?

　괜찮아졌다. 드디어 호흡도 안정되었고, 활력징후도 괜찮았다. 서우가 태어난 지 약 40일 만에 집에 갈 수 있게 되었다. 그래도 심장이 정상적인 상태가 아니기 때문에, 집에서도 모니터링 기계로 심박 수와 산소포화도를 측정해야 했다. 그러기 위해서 집에서도 센서를 손가락이나 발가락에 붙이고 있어야 했다. 분유도 아직 제대로 먹지 못해서 피딩튜브를 입에 낀 상태로 퇴원하기로 했다. 발에는 모니터링 센서를 붙이고, 입에는 피딩튜브를 하고 집에서도 병원과 같은 환경이 만들어졌다. 주삿바늘만 뺀 상태지, 병원과 다름없었다.

분유를 먹다 토하면 산소포화도 수치가 오르락내리락해서 "삐~ 삐~" 하는 알람음이 수시로 울렸다. 처음에는 좀 무서웠다. 알람이 울리면 깜짝 놀라서 '숨은 제대로 쉬고 있나?', '청색증이 오지는 않았나?' 주의 깊게 서우를 살폈고, 서우의 호흡이 안정될 때까지 안심할 수 없었다. 그러나 곧 적응이 되었다. 일시적 현상이라는 것을 알고 의연하게 대처하기 시작했다.

분유는 계속 특수 분유를 먹어야 했다. 많이 먹지 못하기 때문에 고열량이어야 하고, 심장에 무리를 주지 않도록 유지방이 적어야 한다고 했다. 그래서 지방을 일부 분쇄시켜서 만든 MCT분유에 열량보충제와 MCT분말을 섞어서 주었다. 병원에서 제시한 이 분유 레시피가 서우 몸에 맞지 않나 보다. 한 번에 얼마 먹지도 못하는데, 그마저도 계속 토한다. 내뿜는 분수토를 할 때도 있고, 자다가 '욱' 하고 토할 때도 있다. 먹을 때마다 분유량을 기록했다. 하루에 먹어줘야 하는 양이 있었고, 덜 먹을 때 성장에도 문제가 있고, 탈수가 올 수 있으므로 꼼꼼히 기록했다. 그런데, 서우가 분유를 먹고 토하면 기록할 수가 없다. 토하면 다음번에 조금 많이 주곤 했다. 계속 서우가 분유를 토해내서 내가 분유를 타면서 한번 먹어보았다. '도대체 어떤 맛이길래 서우가 힘들어할까?', 맛을 보고 난 후, 서우가 거부하는 것이 이해가 되었다. 아무 맛이 없었다. '쇠 맛'까지 느껴지는 별로 좋지 않은 맛이었다. 그래서 서우가 분유를 받아들이기 힘들었을까? 지방은 빼고 고열량으로 줘야 하다 보니 특수 분유를 제조해서 줄 수밖에 없었는데 이런 분유를 언제까지 먹여야 할까? 당분간은 계속 먹여야 할 텐데, 걱정되었다.

어느 날은 어김없이 분유를 먹고 굉장히 심하게 토했다. 토하고 또 토하고, 모니터링 기계는 산소포화도가 70%까지 내려가고, 심박 수는 200이 넘었다. 서우 얼굴은 시뻘겋게 달아올랐고, 몸이 경직되었고, 울고불고 난리였다. 몇 분이 지나도 나아지지 않았다. 나도 걱정이 되었지만, 아내의 걱정은 달랐다. 어쩔 줄 몰라 하고 있었고, 서우는 진정이 되지 않았다. 모니터링 기계도 달고 있고, 피딩튜브도 달고 있어서 정말 병원이나 다름없는 모습이었지만, 역시 병원은 아니었다. 병실에 있을 때는 호출을 눌러 간호사나 의사가 봐줄 수 있지만, 집에서는 그렇게 할 수가 없었다. 결국 우리는 응급실로 가기로 했다.

"응급실 가자!"

아내에게 말했다.

"어디로 가야 하지?"

"아산병원으로 가야지. 모니터링 기계 챙겨서 빨리 가자."

우리는 모니터링 기계를 달고 일단 차에 올랐다. 병원까지는 40분 정도 걸렸다. 차에서도 계속 알람음이 울리다가 안 울리다가 반복했다. 열은 없었고, 서우도 울다 안 울기를 반복하고 있었다. '무슨 일이 있는 걸까?' 큰일이 아니기만을 바랐다. 지속해서 산소포화도가 낮게 유지되는 것은 아니기에 괜찮을 것 같다는 생각은 했지만, 내가 의사는 아니니까 일단 응급실로 가보기로 했다.

올림픽대로를 40여 분 달렸다. 조급했지만 천천히 흥분하지 않고 병원으로 달렸다. 병원으로 이동 중에 다행히 산소포화도는 정상으로 돌아왔고, 보채던 서우도 어느 정도 진정되었다. 괜히 왔나 싶었지만, 혹시 몰라서 일단 소아응급실에 접수하였다. 응급상황으로 응급실에 왔는데, 보호자 한 명만 들어갈 수가 있었다. 결국 응급실에서도 일시적으로 일어난 일이고 특별한 이상이 없다는 얘기를 들었고, 그래도 의료진 얘기를 듣고 집으로 오니 마음은 가벼워졌다. 하지만 또 이런 상황이 발생할까 싶어 더욱 조심하는 계기가 되었다.

응급상황은 아니었지만 그렇게 응급실을 한 번 다녀오고 나서 조금 무서웠다. 서우는 서울아산병원에서 수술해서 응급실도 서울아산병원으로 가야 했다. 그래야 심장에 무슨 일이 생겼을 때 빠른 조치를 내릴 수 있어 퇴원 시에도 가능하면 서울아산병원으로 오라고 안내를 받았고, 서우가 있던 135병동 코디네이터 간호사가 퇴원 후에도 전화로 서우의 상태를 주기적으로 모니터링을 했다. 그 코디네이터는 병동에 있을 때도 환자들에게 잘 대해주었는데, 서우가 퇴원할 때 예쁜 양말을 선물해 주기도 했다. 환자를 돌보는 것이 의무인 의료진이기는 하지만, 퇴원할 때 선물도 챙겨주니 정말 고마웠다.

그렇게 응급 아닌 응급상황을 겪고 나서 나 자신에게 더욱 신경을 쓰게 되었다. 서우에게 어떤 상황이 올지 모르기 때문에 항상 '5분 대기조'처럼 신경을 쓰고 있었고, 내 컨디션 유지를 위해 틈틈이 운동도 했다. 술은 워낙 잘 못 마시긴 하지만 그나마 회식 자리 등에서 조금씩 먹던 술도 안 먹게 되었다. 코로나19로 인해 회식 자리도 급격하게 줄었고, 회사에서도 내 상황을 인지하고 있어 술자리는 자연스레 참석하지 않았다.

코로나19가 더욱더 심해지면서 결국 정부로부터 집합금

지명령이 떨어졌고, 처음엔 5인 이상 집합금지, 그다음엔 3인 이상 집합금지로 더욱 제한이 강화되었다. 오히려 그런 상황은 나에게 너무 좋았다. 코로나19로 일상생활에 여러 가지 불편한 점도 많았지만 공식적인 회식이 없어진 것은 잘된 일이었다. 그날 이후로 지금까지도 서우의 '5분 대기조'로 살고 있다. 지금은 응급상황이 올 확률이 별로 없지만 저녁 시간에 회사 사람들 또는 지인들과 술잔을 기울이며 얘기를 나누는 것이 예전처럼 마음이 편하지 않았다. 아내도 일을 하고 있어 저녁 시간이 여유롭지 않지만, 시간이 있어도 마음이 불편했다. 빨리 집에 가봐야 할 것 같다는 생각이 들었다.

'내가 없을 때 서우에게 무슨 일이 생기면 어떻게 하지?'

걱정도 많이 되었고, 불편한 마음이 계속되었다. 조금씩이라도 마시던 술을 거의 마시지 않다 보니 못 마시던 술을 더 못 마시게 되었다. 오히려 술 안 마시는 것이 나에겐 편했다. 나에게 아내와 서우 말고는 다른 생각을 할 여유가 없었고, 술자리에서 술을 마시는 것이 너무 소모적인 행위라 느껴졌다. 그렇게 술은 나와 자연스럽게 멀어지게 되었다.

11

큰 숙제를 끝냈어

이제 입으로 먹을 수 있어

　서우가 태어난 지 100일이 다가오고 있었다. 서우는 구순구개열이 있는 아이들이 사용하는 특수 젖병으로도 분유를 먹기 힘들어했다. 길쭉하게 생긴 젖꼭지를 손으로 눌러서 짜주면서 먹이는 젖병이었다. 서우는 삼키기만 하면 되는데, 그것조차 힘들어서 잘 먹지 못하였다. 1시간 30분마다 분유를 먹는데, 젖병으로 먹으면 하루 섭취량을 채우지 못했다. 그래서 계속해서 입에 피딩튜브를 끼고 분유를 먹어야 했다. 병원에서는 보통 코에 넣는데, 의료진이 아니면 코에 튜브를 넣는 것이 위험할 수도 있어서 집에서는 입에 넣으라고 했다.

피딩튜브 넣는 법을 병원에서 배웠다. 멸균 장갑을 끼고, 6Fr 두께의 피딩튜브 끝에 젤을 묻혀서 입으로 배와 가슴 중간 정도까지 튜브를 넣고, 마지막으로 잘 들어갔는지 확인해야 한다. 확인하는 방법은 피딩튜브 끝에 주사기를 꽂아 공기를 조금 밀어 넣고, 청진기를 배에 대고 '꼬르륵'하는 소리가 나면 제대로 들어간 것이다.

서우는 특수 분유를 먹어서인지, 자주 토했다. 분유를 먹다 토하면 튜브가 빠져서 다시 넣고 주사기로 우유를 주는 것을 반복했다. 하루에 한 번 이상 튜브를 넣어야 했다. 처음엔 넣을 때마다 서우도 울고불고 힘들고, 넣어주는 나도 힘들었다. 아내는 무서워서 못 하겠다고 했다. 아내는 서우의 머리를 잡고 있었고, 내가 주로 튜브를 넣었다. 튜브를 넣는 동안 서우가 한 번씩 침을 삼켜주어야 했다. 서우가 목에 힘을 주고 있으면 튜브가 잘 안 들어가기 때문에 서우가 튜브를 받아들여 주어야 서우도 편했고, 넣어주는 나도 편했다. 나중에는 서우도 적응이 되었는지, 튜브가 입에 들어가면 서우는 울면서도 기특하게 꿀꺽꿀꺽 침을 삼켜주었다. 이런 과정들을 수시로 반복해야 했기에 집에는 멸균 장갑, 피딩튜브, 젤, 용량별 주사기를 여유 있게 구비해 놓고 있었다.

빨리 튜브를 빼고 젖병으로 먹었으면 했다. 서우가 100일쯤 되었을 때 드디어 피딩튜브를 빼게 되었다.

"오빠. 서우 이제 튜브를 뺄까 봐."

"빼도 될까?"

"응. 이제 젖병을 짜주면 잘 먹어. 조금씩 자주 주면 될 것 같아."

"그래. 그럼 한번 빼보자."

피딩튜브를 빼더라도 아직 구개열 수술을 하지 않은 상태라서 특수 젖병을 사용해야 했다. 아직 한 번에 먹는 양이 적어서 자주 먹여야 했다. 피딩튜브로 먹을 때처럼 계속 서우가 먹는 분유량을 기록했다. 먹는 양이 들쑥날쑥하다. 힘들면 조금씩 먹을 때도 있고, 배고프면 많이 먹을 때도 있다. 한 번에 100mL 먹은 날은 너무 기뻐서 기록지에 빨간색 색연필로 하트를 그려놓곤 했다. 점점 먹는 양이 많아지고, 토하는 횟수도 줄어들었다. 무엇보다 서우의 예쁜 얼굴을 이제야 온전히 볼 수 있어 너무 좋았다.

100일 전 사진을 보면 서우의 맨얼굴 사진이 별로 없다. 병원에 있을 때는 얼굴에 온갖 튜브, 반창고로 얼굴의 반도 보이지 않았을 때도 많았다. 아픈 아이를 둔 부모들이 하는 얘기가 있다. 신생아집중치료실(NICU)에서나 소아집

중치료실(PICU)에서의 사진들을 많이 찍어두어야 한다고
했다. 왜냐하면 나중에 회복하고, 자라는 동안 부모 속을
썩일 것이기 때문에, 그때마다 예전 사진을 보면서 화를
삭여야 한다고들 한다. 꼭 그런 이유에서는 아니지만 하루
하루 달라지는 서우의 모습과 순간들을 사진과 동영상으
로 계속 담았다.

갓 태어났을 때와 피딩튜브가 빠졌을 때 잠시라도 편하
게 있으라고 다음 분유를 먹을 때까지 맨얼굴로 놔둔 적
이 있다. 그럴 때 빼고는 서우의 맨얼굴을 볼 일이 없었다.
시간이 지날수록 호흡기도 떼고 피딩튜브도 빼서 드디어
맨얼굴의 서우가 되었다. 피딩튜브를 끼고 있을 때도 사진
은 많이 찍어주었지만, 맨얼굴로 돌아오니 더 많이 찍어주
고 싶었다. 뽀얗고 예쁜 얼굴이 너무 귀여웠다. 서우의 예
쁜 모습을 많이 남기고 싶었다.

100일을 기념하기 위하여 우리는 동네 사진관에 가서
100일 사진을 찍었다. 아직 목도 제대로 가누지 못하는 서
우를 데리고 사진관에 갔다. 셋이 비슷한 톤으로 옷을 맞
춰 입고 사진관으로 갔다. 아기 사진관답게 예쁜 옷들과
귀여운 인형이나 소품들이 많았다. 서우 독사진을 찍고 가
족사진을 찍었다. 그 순간을 생각하면 항상 벅차오른다. 우

리 셋이 처음 사진을 찍던 날. 그냥 그 자체로 너무 좋았다. 2달 전만 해도 아니 바로 지난주만 해도 입에 피딩튜브를 달고 있던 서우가 말끔하게 맨얼굴로 엄마·아빠와 사진을 찍고 있다는 것이 너무 기뻤다. 별거 아닌 것 같지만 아내와 나에게는 너무나도 행복한 순간이었다.

100일을 기념하여 양가 어르신들을 모시고 식사를 했다. 어르신들을 비롯한 가족들이 처음 서우를 대면하는 날이었다. 서우 걱정을 많이 하셨는데, 눈으로 보시고는 안심도 하시고, 앞으로 남은 수술에 염려도 하시는 눈치였다. 원래 100일 잔치는 의술이 발달하지 못한 옛날에 아기의 사망률이 높아서 100일 동안 위험한 고비를 넘기고 잘 자라주었다는 것을 축하하기 위한 잔치였다. 서우의 100일 잔치는 100일 잔치의 의미를 제대로 살렸다. 태어나자마자 큰 수술을 하고 곧 회복하여 잘 자라주었다. 앞으로도 건강하게 잘 자라라는 의미의 100일 잔치가 서우에게 특별하고 제대로 된 100일 잔치였다.

100일 전에 외출도 삼가라고 해서 외출을 잘 하지 않았지만, 튜브 때문에 신경이 쓰여 나갈 생각도 안 하고 있었다. 하지만, 튜브를 빼고 나서는 따스한 봄 햇살을 맞으며 가벼운 산책도 하면서 바깥 공기를 쐬었다. 아내도 서우가 퇴원해서 집에 온 후로 밖에 나가지 못하다 보니 꽤 답답해했다. 서우가 잠을 자는 시간과 분유를 먹는 시간을 제외하면 날이 좋은 낮에 산책할 시간이 생각보다 많이 없었지만, 우리는 틈만 나면 집 주변 산책에 나섰다. 봄날의 산뜻한 기운과 화사한 꽃들이 우리 예쁜 서우를 반겨주었다.

슬기로운 의사생활

서우가 퇴원하던 시기 즈음에 텔레비전에서 새로 시작한 드라마가 있다. 〈응답하라 1997〉 등의 응답하라 시리즈와 〈슬기로운 감빵생활〉 등을 연출했던 신원호 PD가 새로 만든 드라마 〈슬기로운 의사생활〉이었다. 의대 동창생들이 각기 다른 과에서 환자들을 다루는 이야기이다. 그중 흉부외과도 있었다. 서울아산병원은 어린이병원 내에 소아심장외과와 소아심장내과가 있고 어른들이 다니는 심장과가 별도로 있다. 드라마에 나오는 흉부외과는 아이와 어른을 모두 다룬다. 3화의 이야기이다. 20살짜리 철없는 부부가 나온다. 그 어린 부부의 아기 찬형이는 '팔로사징증(TOF)'이라는 선천성심장병을 앓고 있다. 심장병에 대해서 어느 정도 공부를 해서 드라마에 나오는 심장 관련 의학 용어들이 익숙했다. '어려운 용어들이 왜 이렇게 눈에 익지?' 몰라도 될뻔한 내용들이 그냥 당연히 아는 것처럼 느껴졌기 때문에 몰입도도 높아졌고, 감정이입이 쉽게 되었다. 찬형이가 병실 침대에 누워 있는 장면은 마치 서우가 누워 있는 것처럼 느껴졌다. 호흡기를 끼고 누워 있는 모습이 마치 소아집중치료실(PICU)에 혼자 누워 있던 서우를 연상케 했다. 팔로사징증(TOF)을 앓고 있던 찬형이는 수술이 예정되어 있던 날 폐렴 기운이 있어 열이 나는 상태라 수술을 하루 미뤄야 하는 상황이었다. 담당 의사는 찬형이의 부모를 찾았으나, 아침에 집에 갔다고 했다. 병실을 지키다가 집으로 사라진 부모. 이해가 가지 않았다. 철부지가 따로 없었다. 자기 아이가 지금 심장 수술을 앞두고 있는데 보호자가 집에 갔다는 건 상식적으로 이해할 수 없는 상황이었다. 뒤늦게 병원으로 다시 온 부부는 수술이 미루어졌다는 얘기를 듣고도 무덤덤했다. 별로 걱정이 안 된다는 듯 성의 없이 대답했고, 궁금한 것도 없단다. 괜찮지 않지만, 괜찮은 척하는 것처럼 느껴지기도 했다.

그날 밤 병원 복도에서 담당 의사와 찬형이 엄마가 마주쳤다. 결국 찬형이 엄마 눈에서 눈물이 터져 나왔다. 그러고는 더 이상 버티지 못하고 눈물을 펑펑 흘리면서 의사에게 말했다.

"너무 무서워서 센척했어요. 눈물을 흘리면 어려서 철없다고 하고…. 제가 대신 아팠으면 좋겠어요."

의사가 물었다.

"아까 아침엔 집에 왜 갔어요?"

"○○이 엄마가 무당인데, 장독대에 뚜껑 뒤집어서 물 담아놓으면 찬형이가 안 아플 수 있다고 해서요."

병원에서 한 보호자에게 들은 얘기를 듣고 그것을 실천하려고 집에 갔던 것이었다. 그러면서 찬형이 엄마는 또 하염없이 눈물을 흘렸다.

그런 상황이 너무 이해가 갔다. 나도 울컥해서 참을 수 없이 눈물이 쏟아졌다. 그 당시 본방송을 보지 못하고 며칠이 지난 후, 회사에서 점심시간에 재방송을 보는 중이었다. 소리 내어 울 수는 없었지만, 흐르는 눈물을 참을 수가 없었다. 참아보려고 해도 참아지지 않았다. 고장 난 수도꼭지처럼 눈물이 흘렀다. 혹시나 직원들이 볼까 봐서 몸을 낮춰 소리 없이 계속 눈물을 흘렸다. 찬형이 부모 마음이 아내와 나의 마음과 똑같았다. 나도 괜찮다며 겉으로는 센척도 했었지만, 무서웠고, 차라리 우리가 대신 아팠으면 좋겠다고 생각했다. 병원에서는 부모를 위로하기 위해서인지, 아니면 정확한 원인을 알 수 없어서인지 모르겠지만 엄마·아빠의 잘못이 아니라고 했다. 그럼에도 불구하고 아내와 나는 죄책감 속에 하루하루를 살아야 했다.

결국 찬형이의 수술은 잘되었다. 심실에 있는 구멍을 막았고, 모든 수술이 잘 끝났다고 했다. 나도 마음이 놓였다. 서우는 아직 심장의 구멍을 막지 못한 상황이었지만, 드라마 속 찬형이는 수술이 잘 끝났다고 하니, 나도 모르게 안도의 한숨을 쉬었고, 부러운 마음까지 들었다.

8화에서는 판막 이상을 가진 훈이가 나왔다. 훈이는 판막 전부가 제대로 일을 하지 못했다. 이런 경우는 별로 없다고 했다. 얼마나 희귀한지 병명도 없는 특이한 케이스였다. 수술 확률도 반반이었고, 유전적 질환 때문인지 뇌 기능도 떨어져 있어 심장 이식도 쉽지 않다고 했다. 결국 훈이는 엄마·아빠와 이별할 수밖에 없었고, 담당 교수는 훈이의 심장이 특이한 케이스라 더 연구해서 같은 병을 가진 다른 아이들을 살리고자 심장 기증을 부모에게 부탁했다. 나라면 어떤 선택을 했을까? 심장을 기증할 수 있었을까?

또 하염없이 눈물을 흘리면서 드라마를 보았다.

분명 이 드라마는 슬프기도 했지만, 주인공들의 우정 또한 드라마의 주된 흐름이기 때문에 유쾌한 장면들도 꽤 많이 있다. 물론 심각한 질병들을 다루는 의학 드라마지만 코믹 요소가 있는 재미있는 드라마여서 울다가 웃다가를 반복하면서 보곤 했었다. 드라마에서는 다른 질병들도 마찬가지이지만 심장병을 꽤 자세하게 다루고 있다. 수술 장면이나 병원 상황들을 꽤 현실적으로 보여줘서 관심 있게 보았다. 아는 만큼 보인다더니, 심장 관련한 용어들은 귀에 쏙쏙 들어왔고, 수술 장면이나 보호자가 나오는 장면에서는 과하다 싶을 정도로 감정이입이 되었다. 항상 눈물과 함께 드라마를 보았다.

4화에서는 무뇌아지만 결국 출산을 선택하여 출산하고 바로 이별하게 되는 엄마와 아기의 이야기도 있었다. 보통 무뇌아는 엄마 배 속에서는 살 수 있지만, 출산하게 되면 며칠 살지 못한다고 한다. 극 중에서 아기 엄마는 무뇌아임을 알고 있지만 출산을 결정하는데, 출산 시에 산부인과 담당 교수는 레지던트에게 아기를 출산할 때 음악을 크게 틀고, 출산하게 되면 아기의 입을 막으라고 지시한다. 이에

레지던트는 어차피 죽은 목숨이라 아기 울음소리도 듣기 싫어 음악을 크게 틀라고 하고 태어나자마자 입까지 막게 한다고 담당 교수가 너무나도 차가운 사람이라 오해하게 된다. 하지만, 앞으로 살아가야 할 산모에게 아기의 울음소리는 트라우마가 될 것이기 때문에 아기의 울음소리를 최대한 듣지 않게 하는 것이 산모에게 나을 것 같다는 판단에서였다. 무뇌아의 울음소리는 짐승의 울음소리 같아서 산모들이 충격을 받을 수 있다고 한다. 실제로 이렇게 아기가 태어나자마자 입을 막아 산모가 울음소리를 듣지 못하게 하는 것은 산부인과에서 구전으로 내려오는 조치라고 한다.

아내와 나는 드라마를 보는 동안 같은 장면에서 눈물을 흘렸고, 눈물을 흘릴 때는 서로 바라보지 않았다. 왠지 서로를 보면 오열할 것 같아서 서로 눈물을 흘리는 것을 알아도 그냥 각자 눈물을 훔치면서 보았다. 각자의 눈물을, 각자의 감정을 존중해 주었다.

서우가 아픈 이후 가슴에서 올라오는 눈물을 처음 느껴 보았다. 눈물이 눈에서 나오는 것이 아니라, 가슴에서부터 올라와서 쏟아내는 것임을 처음 느꼈다. 가슴이 먼저 뜨거워진다. 그러고는 뭔가를 토해낼 것처럼 가슴이 떨린다. 심하게 떨리고 나서 이내 눈물이 왈칵 쏟아진다. 정말 쏟아진다는 말이 이런 건가 싶을 정도로 쏟아냈다. 평생 살면서 흘릴 눈물을 다 흘린 것처럼 혼자서도 많이 울었다. 노래를 들어도 눈물이 났고, TV를 보다가도 눈물이 났다. 운전하다가도 갑자기 가슴이 뜨거워질 때도 있고, 길을 걷다가도 나도 모르게 가슴이 떨리면서 눈물이 흐를 때도 있었다.

눈물로 감정을 씻어냈다. 눈물의 카타르시스를 느꼈다. 눈물을 흘리면 정말 감정을 씻어낸 것처럼 가슴속이 후련해지는 것을 느꼈다. 이제까지 눈물은 참아내야 하는 것인 줄 알았는데, 그때부터인지 눈물샘이 터져버린 것 같다. 지금은 별것 아닌 것에도 눈물을 글썽거릴 때가 많다. 감정이 유연해진 것을 느낀다.

그해, 여름

아내가 육아휴직을 끝내고 복직하면 장모님이 서우를 봐주시기로 했다. 그래서 우리는 처가 근처로 이사가기 위해 집을 알아보았다. 전세로 살고 있던 집이 계약기간 만료가 예정되어 있어 집을 알아봐야 했다. 일단 이사를 가게 되면 서우가 어느 정도 클 때까지 한동안 살아야 할 것이기 때문에 집을 사기로 마음먹었다. 그런데 하필 감염병인 코로나19 대유행으로 부동산 거래가 많이 위축되던 시기였고, 우리가 구하고자 하는 동네에 매물도 많이 안 나오던 시기였다. 장모님이 부동산을 돌아다니며 집을 알아봐 주셨고, 마침 괜찮은 매물이 있었는데, 10월에

나 입주가 가능했다. 우리 전세는 7월 만료였고, 집주인이 입주 예정이어서 만료 날짜에 바로 빼주어야 했다. 일단 우리는 10월에 입주할 수 있는 집을 계약하기로 했다.

그런데, 코로나19가 유행하기 시작할 무렵이라 지금 살고 있는 세입자가 집을 보여주기를 부담스러워했다. 매물을 보지도 않고, 집을 계약하는 상황이었다. 세입자가 집을 공개할 의무는 없다고 부동산중개사가 말했다.

그 시기 아내와 서우는 병원에 있을 때였다. 심장 수술을 하고, 소아집중치료실(PICU)에서 일반병동으로 전동해서 일반병실에 있을 때였다. 집을 보지도 않고 계약한다는 말에 아내는 탐탁지 않아 했다.

"몇억짜리 집을 사는데 어떻게 보지도 않고 사!"

"코로나19 때문에 외부인이 집에 오는 것이 부담스럽고, 세입자가 집을 보여주는 게 의무는 아니래."

"그래도 그렇지. 너무한 거 아니야?"

"다시 한번 얘기는 해볼게."

"알았어! 오빠가 알아서 해!"

아내는 서우 때문에 병원에 계속 있어야 했고, 나도 병원과 집을 오가며 집을 알아볼 시간이 없어 장모님이 발품 팔아 집을 보러 다니셨고, 동네에서 믿을만한 부동산중개사를 찾아가서 구한 집이라 믿고 계약하기로 했다. 부동산중개사는 집주인을 잘 알고 있었고, 계약 후 집에 하자가 있는 것을 발견할 때 매도인이 수리해 줄 것을 특약사항으로 넣어 집을 계약하게 되었다.

그 당시는 코로나19로 모두 예민해져 있는 상태였고, 집에 사람을 들이는 게 부담스러운 상황인 것이 이해는 갔다. 결국, 계약을 하고 나서 집수리 견적을 받을 때 집을 볼 수 있었고, 다행히 특이한 하자는 없었다.

나중에 알고 보니 민법상으로 임대인이 임대물 보존에 필요한 행위를 하는 때에는 임차인이 거절하지 못하도록 규정되어 있어, 임대인이 임대물 관리 차원에서 집을 본다고 할 때는 임차인이 거절할 수 없다. 방법이 전혀 없는 것은 아니었다. 하지만, 그것은 집주인이 적극적으로 대응을 해줘야 가능한 것이긴 하다. 집주인은 본인의 생각보다 싸게 내놓은 것인지, 이런 상황에 협조적이지 않았다. 물론 예상할 수 없었던 코로나19 대유행의 공포가 생각보다는 크게 느껴졌다.

그런데, 기존에 살던 집의 임대 기간과 새로 입주할 집의 입주 시기가 안 맞았다. 7월에 전세 기간이 만료돼서 이사를 나와야 하는데, 새로 계약한 집은 10월에나 들어갈 수 있었다. 7월부터 10월까지 지낼 곳이 필요했다. '단기 임대를 알아봐야 하나?', '처가에 들어가 신세를 져야 하나?' 걱정했었다.

처가가 이층집이었고, 아래층을 월세를 주고 있었는데, 마침 1층이 계약이 만료되어 이사를 나갔다. 우리가 거기에 들어가서 몇 달 동안만 살기로 했다. 집이 좀 작지만 필요한 짐만 풀고 3달 남짓한 기간 동안 살기로 했다.

처가는 양주고, 그때 나는 사무실이 인천이었기에 출퇴근 거리가 좀 멀었다. 하지만 장모님이 계시니 서우 돌보는 것을 도와주셔서 퇴근이 조금 늦어도 마음은 편했다. 아내도 처가에 있는 것이 그나마 마음의 안정을 느낄 수 있다고 생각했다.

그렇게 우리는 서우가 태어난 해 여름을 양주에 있는 처가에서 보냈다. 이삿짐은 보관이사로 대부분 짐을 처가에 있는 창고에 넣어두고, 최소한의 짐만 가지고 생활했다. 나름 재미있었다. 어느 한적한 펜션에서 한 달 살이 하는 느낌이었다. 주말이면 서우가 낮잠 자는 시간 동안 집 앞 잔디밭에 파라솔을 펴고, 캠핑 의자를 놓고 앉아 라면도 끓여 먹고, 음악을 들으며 커피도 마셨다. 마치 펜션에 놀러 온 것처럼 또는 노천카페에 온 것처럼 우리는 우리 나름의 휴식을 즐겼다. 장인·장모님도 서우가 곁에 있으니, 걱정을 덜 하셨고, 무엇보다 매일 서우를 볼 수 있으니 좋아하셨다.

9월이 되어 입주할 임차인이 이사하였고, 10월부터 집수리를 시작했다. 최소한으로 고치고 입주하려고 했는데, 집을 둘러보면 둘러볼수록 마음에 안 드는 구석이 많았다. 줄자로 일일이 길이를 재가면서 가구나 가전 배치를 생각했다. 주방이 생각보다 작아서 주방 배치에 대해서 고민을 좀 해야만 했다. 아내와 상의하여 주방 배치도 기존과 다르게 바꿨고, 철거할 것은 철거하고, 고쳐야 할 것들은 아내와 상의하고 수리업체와 의논해 가면서 집수리했다.

우리 세 식구가 오랫동안 지낼 보금자리라고 생각해서 수리하고 있는 집에 자주 들렀다. 그런데 잘 안되고 있는 것만 보였다. 한번 잘못 시공하면 바꾸기 힘든 일도 있어서 나름 꼼꼼히 챙기려고 했다. 내가 요구한 대로 안 되어 있는 경우가 많아 수시로 와서 둘러봐야 했다. 일을 하다 보면 상호 소통이 잘 안되거나, 내 의견이 상대방에게 잘못 전달되는 경우가 간혹 있다. 내 의견과 다르게 현장에서는 현장 책임자 생각대로 시공해 버려서 수시로 와서 현장을 둘러보고 업체 관계자와 꾸준히 상의하고 피드백을 받았다. 그렇게 집수리가 완료되고 10월 말이 되어서 이사를 하게 되었다.

흰색 계열로 수리해서 그런지 집이 꽤 넓어 보였다. 하지만, 이사를 하고 가구 배치를 하다 보니 넓어 보였던 집이 좁아 보였다. 서우의 짐과 장난감도 계속 늘어나 집 안이 꽉 차게 되었다. 아내와 나의 짐은 계속 줄어들었고, 서우의 짐은 계속 늘어났다. 아기를 키울 때 필요한 것들이 생각보다 상당히 많았다. 농담처럼 나는 아내에게 말했다.

"이거 서우 집인 것 같아. 우리가 서우의 집에 얹혀사는 것 같아. 하하하."

아내도 말했다.

"여기 서우 집이지 뭐. 다 서우를 위한 공간이야. 우리를 위한 공간은 없어. 하하하."

그렇게 우리 집은 서우의 집이 되어갔다.

아장아장 걷고 싶어요

서우는 염색체 미세결실로 인해서 발달에 지장이 있을 수 있다고 했다. 서우의 유전자 검사를 담당한 의학유전학센터에서는 재활치료를 권고했다. 운동 능력이 떨어질 수 있으니, 처음부터 부모 개입으로 재활치료를 해주는 것이 좋다고 했다. 서울아산병원의 재활치료는 대기환자들이 너무 많았다. 1년 이상을 기다려야 할 정도였다. 서울아산병원에서는 가벼운 상담과 부모 교육을 받고, 집 근처 소아재활병원을 알아보기 시작했다. 상암에 유명한 어린이 재활병원인 '푸르메재단 넥슨어린이재활병원'이 있어서 상담 예약을 하고 방문하였다. 서우의 상태를 얘기하고, 상담했는데 여기 또한 대기환자들이 엄청 많았다. 시설도 크고 유명한 어린이전문재활병원이다 보니 장기간 치료를 받아야 할 중증 환자들이 많아서 좀처럼 빈자리가 나지 않는다고 했다. 2년 이상 기다리고 있는 환자들도 많다고 했다. 우리는 순번이 되면 전화를 준다고 해서 상담만 받고 돌아왔다. 결국 전화는 오지 않았다. 대기만 2년 이상 해야 한다는 말이 맞는가 보다 했다.

집 근처에 소아재활치료를 해주는 다른 병원을 찾아갔다. 여기는 운 좋게도 바로 재활치료를 받을 수 있었다. 목 가누기, 뒤집기, 엎드리기 등 몸을 쓰는 법을 배워야 했다. 엄마가 같이 참여해서 집에서도 연습할 수 있도록 했다. 대근육 발달을 먼저 시켜주고 소근육 발달로 넘어가야 한다고 했다. 서우는 힘도 없었고, 그 힘을 어떻게 써야 하는지 몰랐다. 엎드려서 고개를 들려고 할 때 허벅지를 눌러주면 서우가 고개를 들고 꽤나 버티고 있었다. 힘들어하는 모습이었지만, 성공하면 자기도 기쁜지 배시시 웃어주었다.

그렇게 근처 재활병원에서 약 2개월 동안 재활치료를 받았지만, 우리는 곧 이사를 했다. 이사한 집 근처에 가까운 재활병원을 찾아야 했다. 마침 가까운 곳에 은평성모병원이 있어, 재활의학과 진료 예약을 먼저 해놓았다. 서우의 상태를 설명하고, 진료를 본 뒤 운동치료를 시작했다. 근거리에 병원이 있어 다니기에 편했다. 치료사도 서우에게 친근하게 잘해주었다. 운동치료의 최종 목적은 걷기였다. 지금 서우는 아직 생후 5개월. 지금 걷는 게 문제가 아니라 제대로 기어다니지도 못한다. 병원을 열심히 다니면서 병원에서 교육받은 대로 집에서도 열심히 연습했다.

그렇게 꾸준한 재활치료를 받고 나서 기어다니기 시작했다. 기어서 여기저기 어디든 갈 수 있었다. 자기도 재미있는지 몇 번씩 기어가다가 멈춘 다음 한바탕 웃고, 다시 기어가기를 몇 번씩 반복한다. 온 가족이 웃음바다가 되었다. 청소할 필요가 없을 정도로 서우는 집 안 구석구석을 기어다니며 청소를 하기 시작했다. 그런데 앞으로 잘 기어다니다가 뒤로 기어다닌다. 팔꿈치를 앞으로 내디뎌야 하는데 팔을 지지해서 몸을 뒤로 뺀다. 뒤로 기어다니는 것도 신기해했었지만, 걱정이 돼서 병원에 가서 물으니 아직 힘이 없어서 그럴 수도 있다고 했다. 팔이나 몸에 힘이 세지 않아서 편한 대로 움직이느라 그렇다고 힘이 생기면 나아질 거라고 했다. 결국 앞으로 기기 선수가 되었다. 엄청 빨리 기어가고 자기도 그런 모습이 신기했는지 깔깔대며 웃는다.

서우가 8개월쯤 되던 때에 서우가 드디어 혼자 앉을 수 있게 되었다. 물론 재활의 결과이다. 치료 중에 찍은 영상을 아내가 보내주었다. 흔들흔들하지만 제법 중심을 잡고 앉아 있음을 유지하려고 하는 서우의 모습이 보였고, 연신 놀라는 아내의 목소리가 들렸다. 까딱까딱 몸을 흔들고 있었지만, 넘어지지 않으려 힘을 주고 있었다. 기특하기 그지 없었다. 척추의 힘이 없어서 혼자 앉기까지가 힘들었는데, 이제 조금 힘이 생겼다. 그때부터 자신이 생겼는지, 기어가다가 양손을 지지해서 앉기를 반복하면서 자기도 신기하다는 듯이 놀라기도 하고, 좋아하기도 하면서 재롱을 떨었다. 성공하게 되면 자기를 봐달라고 엄마·아빠를 번갈아서 쳐다보기도 했다. 몸의 움직임은 꾸준한 운동으로 근육을 발달시키면 좋아지기 마련이었다. 그래도 이렇게 성과가 나오니 새삼 너무 기뻤다.

기는 것은 뛰는 것만큼 빨라져서 기어가기 대회가 있다면 선수급이 되었다. 앉아 있는 것도 흔들림 없이 유지가 가능했다. 벽을 잡고 일어서는 것까지 할 수 있었다. 벽 잡고 옆으로 움직이기도 가능했는데, 아직 혼자서 일어서서 걷기는 역부족이었다. 하지만 꾸준히 재활치료를 받고 있으니 좋아질 것이라 믿고 있었다. 다른 아기들보다 조금 느리지만 비교하지 말자고 다짐하였다. 서우는 태어나자마자 병원에 오래 있어서 발달이 늦은 것을 당연하다고 생각했다. 재활치료도 받고 있으니, 조금 느리지만 나아지는 것이 보였기에 조금 느긋하게 기다려 주기로 했다.

보행기는 오히려 대근육 발달을 저해해서 걸음마가 늦어질 수도 있다고 해서 보행기를 태우지 않았다. 운동장애가 있거나 또 근육에 이상이 있으면 아기가 까치발로 걷는 경우가 있는데, 보행기를 타고 다니면 까치발로 걸어 다니는 경우가 많다고 한다. 운동 능력이 떨어지는 경우에 발바닥으로 힘을 지지하는 연습을 해줘야 하는데, 보행기를 타면 이러한 연습이 힘들다고 한다. 보행기에 앉아서 움직일 때는 굳이 발바닥 전체를 딛지 않아도 움직일 수 있기 때문이었다. 그래서 팔을 지지해서 끌고 다닐 수 있는 걸음마 보조기로 연습했다. 팔을 지지해서 걸어 다니니 발바닥 전체를 디디면서 걸음마 연습이 가능했다. 소리도 나고 앞으로 움직이니 재미있는지 서우도 좋아했다. 그렇게 열심히 우리는 걸음마 연습을 했다.

첫돌이 지나고 6개월이 지나 생후 18개월쯤 되었을 때 비로소 서우가 혼자서 걷게 되었다. 공교롭게도 휴대전화로 영상을 찍고 있어서 그 영광스러운 장면을 영상으로 남겨둘 수 있게 되었다. 본인도 신기하고 좋았는지 벽에서 손을 떼고 혼자서 두 발로 걷는 순간 함박웃음을 지으며 걸어왔다. 열 발짝도 안 되는 거리였지만, 너무 기특했다. 아내와 나는 너무 기뻤다. 눈물이 찔끔 나오는 순간이었다. 때가 되면 다 앉고, 기고, 걷고 한다지만, 서우는 워낙 근육 발달이 늦어서 걱정되었다. 그런데, 이렇게 두 발로 혼자 걸어오다니 몇 미터가 되지 않는 거리임에도 불구하고 마치 올림픽 마라톤에서 금메달을 딴 것마냥 감격의 순간이었다.

서우가 혼자서 두 발로 걷는 순간부터 집에서의 훈련도 더 열심히 하기 시작했다. 서우가 좋아하는 뽀로로를 보여주거나, 좋아하는 장난감으로 걷기를 유도했다. 처음엔 다섯 발자국, 그다음엔 열 발자국, 그다음엔 열다섯 발자국. 거리를 늘려가면서 열심히 연습했다. 드디어 혼자서 걷는 것이 자연스러워졌다. 허벅지 등 대근육 발달이 어느 정도 이루어진 것 같았다. 이제 밖으로 나가 산책하면서 걸음마 연습을 했다. 틈만 나면 공원에 가서 오리도 보고, 물고기도 보고 왔다. 하지만 아직은 서우가 불안한지, 계속 손을 잡아달라고 했다. 힘들면 손을 잡아주고, 괜찮으면 혼자서 조금씩 걷게 하면서 산책을 했다. 넓은 카페나 쇼핑몰에 가서도 걸음마 연습을 했다. 다행히 서우가 산책을 좋아했다. 걷기 시작하면서 자기도 어느 정도 자신감이 생겨서인지 틈만 나면 계속 밖에 나가자고 해서 걸음마 연습을 많이 할 수 있었다. 서우의 걸음마는 늘어가고, 아빠의 체력은 떨어져 갔다. 역시 육아는 체력전이다. 조금 지나면 뛰어다닐 텐데, 늙은 아빠의 체력이 걱정이었다.

기능적 단심실?
그건 또 뭔데요?

병원에서는 1년 동안 심장이 자라는 것을 지켜보고 나서 수술 방법을 정하자고 했다. 퇴원을 하고 나서 주기적으로 심장 초음파 검사를 해야 했다. 심장 정밀 초음파는 약 30분 정도 소요된다. 30분 동안 가만히 있어야 하는데, 아이들은 그럴 수가 없어서 경구용 진정제인 포크랄 시럽(Pocral Syrup)을 먹고 가수면 상태에서 검사를 진행한다. 포크랄 시럽은 첫맛은 달달하지만, 끝 맛이 매워서 아기들이 싫어한다. 간혹 토하기도 하는데, 약을 토하면 다시 먹여야 해서 여간 힘든 것이 아니었다. 서우는 태어날 때부터 약을 한 번도 안 먹은 날이 없어서 약에 대한 거부감이 없는 편이었지만 포크랄 시럽은 매번 강력하게 거부했다. 감기약 같은 달콤한 시럽 같은 경우에는 더 달라고 하는 경우도 있었는데, 그럴 때면 가슴 한편이 짠해지기도 했다. 서우에게는 약이 너무 익숙해져서 약이라는 것을 모를 수도 있었다. 그러나 포크랄 시럽은 매운맛이 나서 그랬는지, 강제로 먹여서 그런 건지 먹을 때마다 힘들어했고, 먹이는 간호사도 힘들어했고, 서우를 잡고 있는 나도 힘들었다. 힘들게 약을 먹으면서 흘린 눈물이 한 바가지이고, 울다 지쳤는지 약기운 때문인지 모르게 금방 잠이 들었다. 그러고는 검사가 끝나고도 잘 깨지 못했다. 진정제이다 보니 서우가 눈을 떠서 잠에서 깼는지 확인을 해야 집에 갈 수 있었다. 나와 간호사들은 항상 30분 이상씩 서우를 소리 질러 깨워야만 했다. 진정치료실 간호사들도 서우보고 '강적'이라고 했다. 잠이 들면 깨우기가 너무 힘들었다.

심장 초음파는 소아심장내과에서 담당한다. 심장 관련한 진료과는 심장내과와 심장외과로 분리가 되어 있다. 초음파를 통한 진단이나 심도자술 등의 비수술적 치료는 심장내과에서 담당하고, 수술이 필요한 상황이라면 심장외과에서 담당한다. 서우는 애초부터 수술이 필요한 상황이었기에 심장내과와 심장외과 둘 다 진료를 보고 있었다.

초음파 등의 각종 검사 결과를 종합해서 내과와 외과가 수술 및 향후 치료 방법들을 정한다.

초음파 검사는 전공의로 보이는 의사가 기능검사 등 초음파를 먼저 보고 나서, 담당 교수가 와서 전공의가 본 초음파를 토대로 다시 정밀하게 검사한다. 어두운 초음파실 침대에 서우가 누워 있고, 담당 교수가 초음파 검사를 하고, 나는 그 반대편에 앉아서 서우 손을 잡고, 서우와 초음파 화면을 번갈아 보곤 했다. 담당 교수는 초음파 검사를 할 때마다 항상 혼잣말을 하거나 옅은 한숨을 쉬면서 검사를 하곤 했다. 그럴 때면, 반대편에서 무엇인지 알지도 못하는 화면을 뚫어지게 쳐다보고 있는 나의 심장이 엄청 빠르게 뛰었다. 혹시 그동안 서우 심장의 상태가 더 안 좋아졌나 싶어서 가슴 졸였다.

초음파 화면에는 심장이 뛰는 것도 보이고, 심장이 뛰면서 판막이 움직이는 형상도 보인다. 심장 속의 혈류 흐름도 볼 수 있다. 세부적으로 심장을 이리저리 살펴보고는 파동이나 조직의 길이도 확인한다. 무엇인지 정확하게 알 수 없지만, 검사 중에는 얘기를 해주지 않고, 검사가 끝나도 결과를 바로 얘기해 주지 않는다. 검사가 끝나고 며칠 후 외래진료에서 비로소 검사결과를 제대로 들을 수 있다. 그래서 담당 교수가 옅은 한숨을 많이 뱉은 날은 외래진료 날이 될 때까지 가슴을 졸이면서 기다려야 했다.

검사를 하고, 결과를 들을 때마다 지켜보자는 얘기만 했었다. 그러던 어느 날 결국, 검사 결과를 듣고 나서 다시 한번 좌절했다. 우심실 쪽의 판막인 승모판막의 일부가 결손 부위로 넘어가는 상황이라서 태어나자마자 했던 수술에서 구멍을 닫지 못하고 나왔는데, 그 상황이 나아지지 않고 있다는 것이다. 수술이 어려워질 수 있다는 얘기를 들었다. 만약 이 상황에서 수술이 안 된다면 '기능적 단심실'로 볼 수밖에 없다고 했다. '기능적 단심실? 이건 또 뭐지?' 머릿속이 또 하얘지고 말았다.

"지금 서우 심장에 있는 구멍으로 판막 뿌리가 넘어가 있어요. 이것이 병명은 따로 없고, 형상을 얘기하는 'Straddling Mitral Valve'라고 구글링을 하면 찾아볼 수 있는데, 승모판막 일부가 결손 부위에 걸쳐 있다는 뜻이에요. 저희도 케이스가 많지 않아서 좀 더 두고 봐야 할 것 같아요."

"아 네. 그럼, 수술은 가능한 건가요?"

"지금으로서는 뭐라고 말씀드리기는 어려운데, 판막의 경우는 잘못 건드리면 제 기능을 못 할 수도 있어서 건드리기 조심스럽네요."

"…"

"일단은 시간이 있으니까 조금 더 지켜보고 판단해야 할 것 같아요. 구멍을 막지 못하게 된다면 기능적 단심실로 볼 수밖에 없는데, 서우는 심실 구조가 워낙 뚜렷하게 잘 만들어져 있어서 단심실로 가기에는 너무 아까운 심장 구조예요. 어떻게든 심실을 살려보는 방법을 찾아야 할 것 같아요."

"네. 구멍을 잘 막을 수 있었으면 좋겠어요."

"네. 일단 조금 더 자라는 것을 지켜볼게요."

단심실이란? 좌심실과 우심실 사이의 벽인 심실중격이 아예 없는 상태로 태어나 심실이 하나밖에 없다는 뜻이다. 이럴 경우는 우심실에서 폐로 보내주는 폐동맥혈과 좌심실에서 몸으로 내보내는 대동맥혈이 섞일 수밖에 없다. 폐동맥혈은 체내 순환을 하고 다시 심장으로 돌아와서 폐로 보내지는 산소가 적고 이산화탄소가 많은, 말하자면 더러운 피이고, 대동맥혈은 폐에서 이산화탄소를 버리고, 산소를 공급받아 다시 온몸으로 보내주는 깨끗한 피이다.

이 두 가지 혈액이 섞이면 안 되기 때문에, 단심실을 가지고 태어난 아기들은 심실을 통하지 않고 폐동맥과 폐를 인조혈관으로 직접 연결해 주는 수술을 한다. 이것이 폰탄수술이라는 것이다. 수술은 몇 차례에 걸쳐 시행된다. 첫 번째는 폐동맥 고혈압으로 인한 폐동맥 손상 등을 막기 위해서 폐동맥 밴딩 수술을 한다. 두 번째는 몸의 상부를 돌고 온 상대정맥과 폐동맥을 연결하여 몸을 순환하고 심장으로 돌아온 혈액은 심장을 거치지 않고 바로 폐로 가게 해준다. 마지막으로 몸의 하부를 돌고 온 하대정맥을 폐동맥과 연결해 준다. 쉽게 말하면 심장에서 몸으로 보내는 혈액은 심장에서 좌심실을 통해 펌핑되어서 폐로 보내지는데, 대정맥과 폐동맥을 연결하여 몸을 돌고 온 정맥혈이 심장의 우심실을 거치지 않고 바로 폐로 가게 만드는 것이다. 좌심실의 기능은 살려두고, 우심실의 기능을 무력화하는 것이다.

이때 사용되는 인조혈관이 우리가 잘 아는 '고어텍스'를 만드는 '고어(Gore)'라는 회사에서 만드는 혈관을 사용한다. 그런데, 고어(Gore)가 인조혈관 공급을 중단했다는 소식을 들었다. 우리나라 식품의약품안전처에서 인조혈관 가격을 인하하겠다는 통보를 해서 고어(Gore)에서 우리나라 공급을 중단한다는 것이다. 우리나라는 '다국적 의료회사의 독과점 횡포'로 규정하기도 했지만, 고어(Gore)가 공급

중단을 결정한 것이 우리나라에서 더 많은 이익을 취하기 위함인지 아니면 다른 나라에 공급되고 있는 가격 인하 압박을 예방하는 것인지 알 수는 없지만, 환자로서는 가격이 문제가 아니었다. 수술 대기환자들이 많은데 인조혈관의 재고도 떨어지고 추가 공급이 되지 않는 상황이라 많은 환자와 보호자들이 좌절했다. 결국 몇 개월 후 추가 공급 결정이 나서 대기환자들의 수술을 할 수 있었다고는 한다. 경제적 이익을 생각하지 않을 수 없는 기업의 입장에서는 당연한 일일 수도 있겠지만, 환자의 생사가 달린 일이라 이러한 상황들이 환자와 보호자를 매우 불안하게 만든다. 남의 일이 아니었다. 서우가 폰탄수술을 할 수도 있는 상황에서 관심을 가지지 않을 수 없었다. 그래도 인조혈관이 다시 공급된다고 하니, 안심은 되었다. 심장과 관련된 하나하나가 남 일 같지 않았다.

폰탄수술을 하면 폐로 가는 혈액을 심장의 펌프질로서 보내지는 것이 아니라서 혈관에 혈전이 생기기 쉽다. 혈전이 생기지 않도록 혈전약을 평생 먹어야 하고, 그 외에도 여러 합병증의 위험이 있어 꾸준히 관리해 줘야 한다. 심장 기능이 떨어지기 때문에 운동 능력 또한 저하되어서 심한 운동이 힘들고, 특히 여성의 경우, 임신이나 출산할 때도 검사를 통해 가능 여부를 따져봐야 한다. 수술 후 생존 확률은 90% 이상이지만, 기대수명은 40세 전후라고 알려져 있었다. 걱정이 이만저만이 아니었다. 여기저기 주위들은 얘기지만, 기대수명의 근거는 우리나라에서 처음 폰탄수술을 받은 환자가 아직 나이 40세가 안 되어서 병원에서도 40세 전후라고만 얘기한다고 한다. 서우는 아직 폰탄수술을 해야 할지 결정이 된 것은 아니기에, 병원에서도 구체적이고 세부적인 이야기는 하지 않았다. 가능성에 대해서만 이야기했고, 조금 더 지켜보자고 이야기했다.

시간이 지날수록 나아져야 하는데, 점점 안 좋은 상황으로 가고 있어 하늘이 무너져 내리는 것만 같았다. 단심실이나 폰탄수술에 대해서 자료를 찾아보면 찾아볼수록 무서워졌고, 앞으로 우리에게 다가올 수도 있다고 생각하니 두려웠다.

다만, 심장외과 담당 교수는 우리에게 실낱같은 희망을 주었다. 담당 교수는 심실이 아주 잘 나뉘어 있어서 심장 구조가 너무 아깝다는 말을 반복했다. 기능적 단심실로 단정 짓기에는 너무 아까운 심장 구조로 되어 있다고 했다. 그렇다고 구멍을 막을 수 있다고 단정할 수는 없지만 막을 수 있는 가능성도 있으니, 조금 더 지켜보고 수술 방법을 결정하기로 했다. 실낱같은 희망이라도 품고 지내야만 했다. 물론, 확률은 반반. '가능하거나 불가능하거나'일 것이다. 그렇게 '가능'에 무게를 두고 '불가능'에 대비하면서 정신력의 균형을 맞춰나갔다.

드디어 강심장이 되었어요!
'두 번째 심장 수술'

아내와 나는 한동안 정신을 차릴 수 없었다. 구멍만 막으면 될 줄 알았던 서우의 심장이 점점 더 어려운 숙제를 주고 있어서 힘들었다. 나도 그렇지만 아내가 무척 힘들어했다. 평상시에 서우가 숨이 차거나 청색증이 있거나 아파서 힘들어하는 기색은 없었다. 그런데, 심장에 구멍은 그대로이고, 구멍을 막지 못할 수도 있다고 생각하니 서우가 왠지 고통스럽게 아픈 것처럼 느껴졌다. 내 가슴도 아팠다. 실제로 심장을 누가 콕콕 찌르는 듯한 통증을 느꼈다. 가슴이 찢어지는 듯한 느낌을 받았다. 절망적이었다.

아내는 잠자리에서 서우를 안고 우는 날이 많았다. 어느 날은 자다가 아내가 훌쩍거리는 소리에 나는 잠에서 살짝 깼지만, 그냥 모른척했다. 그편이 나을 것 같았다. 그런 날들이 꽤 있었다. 하마터면 나도 눈물이 터질뻔했지만 참는 날도 있었고, 아내와 등 대고 누워서 나도 아내 몰래 눈물을 흘린 적도 있었다. 둘이 같이 눈물이 터지면 둘 다 너무 참을 수 없을 것 같았고, 밤새도록 울고 있을 것만 같았다. 절망적이었지만 우리에게 행운이 오기를 바라면서 하늘에 기도하면서 다시 잠을 청하곤 했다.

심장외과 외래진료가 있던 어느 날이었다. 서우의 수술을 해줄 심장외과 담당 교수는 구멍을 막을 가능성이 있다고 했다. 하지만 수술실에 들어가 심장을 직접 보기 전에는 단정 지을 수는 없다고 했다. 워낙 희귀한 케이스라서 병명이 있지도 않다. 'Straddling Mitral Valve'라고 형상을 나타내는 말로 증상을 표현할 뿐이다. 'Straddle'은 '걸쳐 있다'라는 뜻이고, 'Mitral Valve'는 '승모판막'이라는 뜻이다. 결국 '승모판막이 걸쳐 있는 상태'라는 뜻인데, 결손 부위로 승모판막의 일부가 걸쳐 있는 형상을 나타내는 말이다. 아마도 담당 교수도 처음 보는 형태의 결손인 것 같았다. 하지만 왠지 모르게 담당 교수에게서 자신감이 느껴졌다.

더 확실히 서우의 심장을 살펴보고자 담당 교수는 한 가지 제안을 했다.

"제가 보기엔 결손 부위를 잘 막을 수 있을 것 같은데, 일단 열어봐야 알 것 같기는 해요."

"네. 그럼, 판막이 넘어가 있는 채로 구멍을 막을 수 있나요?"

"초음파로는 정확하게 판단할 수가 없어서 확정 지을 수는 없어요. 한 가지 제안드릴 것이 있는데, CT 촬영물을 가지고 3D프린팅을 해서 심장 모형을 한번 만들어서 시뮬레이션을 한번 해보려고 해요. 그런데, 이게 비용이 조금 들어요. 어떻게 할지 생각해 보시고 알려주세요."

"아 네. 비용이 얼마나 들더라도 필요한 것은 해봐야죠. 해주세요."

"그런데, CT 촬영에서도 판막은 정확하게 찍히지는 않아요. 그나마 초음파보다는 3D프린팅으로 보는 게 더 나을 수 있어서 말씀드리는 거예요."

"네. 해볼게요. 서우 심장을 고칠 수 있다면 뭐라도 하고 싶어요."

CT 촬영 결과를 3D프린팅하여 서우 심장 모형을 만들어서 실제 결손 부위가 어딘지 확인해 보자는 얘기였다.

문제는 비용이 어느 정도 나온다는 것이고, 모형을 만들어도 심장이라는 장기 자체가 복잡한 모양이라 판막의 작은 조직까지 표현되기는 힘들다는 것이었다. 그래도 서우의 심장을 수술해 줄 담당 교수가 시뮬레이션하고 나서 수술하는 것이 도움이 될 것으로 생각했다. 할 수 있는 것은 다 하고 싶었다. 일단 서우 심장을 제대로 고칠 수 있다면 돈이 문제가 아니었다. 우리는 심장 모형을 만들어 보기로 하고, CT 촬영 날짜를 잡았다.

CT 촬영을 하고 심장 모형으로 시뮬레이션을 해본 결과, 심장외과 담당 교수는 조금 더 확신에 차 보였지만, 역시 수술 방법을 단정하고, 확정 짓지는 못했다. 일단 수술실에 들어가 눈으로 확인해 보기 전에는 확신하기는 어렵다는 견해였다. 하지만, 나는 결손 부위를 막을 수 있을 것이라고 믿고 싶었다. 심장내과에서는 결손 부위를 막는 것이 힘들 것 같다는 얘기를 했었지만, 실제로 수술을 담당할 심장외과에서는 전혀 가능성이 없지는 않다고 했다. 끝까지 포기하지 않고 가능성에 무게를 둔 담당 교수의 우직한 결정으로 아내와 나의 마음이 든든했다.

'그래! 믿고 가자! 교수님은 우리 서우의 심장을 꼭 고쳐 줄 거야!'

아내와 나는 두 손을 꼭 쥐고 우리의 믿음이, 우리의 바람이 하늘에 닿기를 기도했다. 우리 둘 다 종교는 없지만, 신이라는 신 모두에게 기도했다. 서우가 건강한 심장을 가지고 살 수 있도록 해달라고 간절하게 기도했다.

드디어 수술 날짜가 잡혔다. 아내는 곧 복직이라서 휴직 기간 동안 수술을 할 수 있기를 바랐다. 다행히 아내가 복직하기 전에 서우가 두 번째 심장 수술을 받을 수 있게 되었다. 수술 전날 입원을 해야 했다. 빨리 건강한 심장을 갖게 되길 희망하기도 하고, 혹시나 결손 부위를 막지 못하면 어떻게 하나 걱정이 되기도 했다.

2021년 2월 23일 수술 당일 아침 아내와 서우는 수술 대기실로 들어갔다. 서우가 마취를 끝낸 뒤에 아내가 수술 대기실을 나왔다. 아내와 나는 너무 긴장되어서 수술실 앞 의자에 앉아 서로 손을 꼭 잡고 움직일 수 없었다. 심장 수술은 기본적으로 4~5시간 이상 걸리기 때문에 오래 걸릴 것이라고 예상했었고, 서우의 심장은 수술하기에 더 까다롭다고 했기 때문에 더 오래 걸릴 것으로 생각했다. 그래서 느긋하게 기다리려고 했지만, 마음처럼 잘되지 않았다. 아내는 꿈쩍도 하지 않고 앉아 있었다. 하지만 나는 몇 시간이 지나고 난 후, 안절부절못하고 수술실 문 앞을 계속 서성거리다가 앉았다가 반복하고 있었다. 시간이 오래 걸리는 것이 수술이 잘되고 있다는 것인지, 수술이 쉽지 않아서인지 알 수가 없었다.

수술이 끝나기를 기다리면서 수술실 문 주변을 몇 바퀴를 돌았는지 모르겠다. 배가 고픈 줄도 모르고, 서우의 심장이 건강하게 돌아오기만을 바랐다. 오전 8시에 시작한 수술이 어느덧 오후 4시를 훌쩍 넘어서까지 끝나지 않고 있었다. 아내도 앉아 있기가 힘들었는지 서서 기다리다가 앉아서 기다리다가 반복하는 와중에 4시 30분이 조금 넘어 수술실 문이 열렸다. 수술을 시작한 지 8시간 30분 만이다.

"박서우 보호자님 계세요?"

담당 교수가 서우의 보호자를 찾고 있었다.

"네! 교수님!"

마침 문 앞에 있던 아내와 나는 소리쳤고, 수술 결과가 어떻게 되었는지 눈을 동그랗게 뜨고 교수님을 바라보고 있었다.

"구멍을 잘 막았어요. 잘 막았고, 지금 봉합하고 있으니까, 회복실로 오면 다시 안내해 드릴게요. 여기서 조금만 기다리세요."

이 말을 들은 순간, 아내와 나는 눈에서 눈물을 뚝뚝 흘리며 90도로 허리 숙여 담당 교수에게 연신 인사를 해댔다.

"감사합니다! 교수님! 감사합니다!"

"정말 감사합니다!"

정말 가슴에 꽉 막혔던 무엇인가가 쑥 내려가는 느낌이었다. 가슴이 뜨거워지면서 눈물이 또 터졌다. 너무 다행이었다. 이제 서우가 강심장이 되었다. 천국과 지옥같이 희비를 왔다 갔다 하는 구멍이었다. 작은 심장의 1cm도 안되는 구멍이 이렇게 천국과 지옥을 왔다 갔다 하게 만들다니….

장장 8시간 30분의 기나긴 수술이었다. 물론 까다로웠던 수술인 만큼 나중에 우려가 되는 부분이 있다고는 했다. 결손 부위를 막았지만, 일부 판막 조직이 좌심실 쪽에 남아 있어 만약 이 조직들이 자라게 된다면 제거를 해줘야 한다는 것이었다. 그 조직이 자라게 될지 아닐지는 두고 봐야 알 것이라고 했다. 그래도 현재는 결손 부위를 잘 막아서 심실을 잘 나눠놓은 상태라고 했다.

봉합이 끝나고, 회복실에서 소아집중치료실(PICU)로 옮겨져 드디어 서우를 면회할 수 있었다. 원래 소아집중치료실(PICU)는 코로나19 감염증으로 보호자 한 명으로 면회

인원을 제한하는데, 수술 당일의 환자는 보호자 2인까지 가능하도록 배려해 주었다. 아내와 나는 손을 씻고, 일회용 가운을 입고 멸균 장갑을 끼고, 소아집중치료실(PICU)에 누워 있는 서우에게로 갔다. 마취에서 깼는지 서우가 눈을 뜨고 있었다. 짧은 면회 시간 동안, 서우에게 고생했다고 말해주었다.

"서우야! 고생했어! 아빠·엄마 또 올게. 서우 보러 올게. 금방 다시 올게."

이렇게 말하고 소아집중치료실(PICU)를 나오는데, 서우가 눈으로 말했다.

"아빠! 엄마! 나 혼자 두고 어디가? 나 무서워!"

마치 이렇게 말하는 듯 간절한 눈빛으로 아빠와 엄마를 번갈아 쳐다보았다.

"내일 또 올게! 서우야! 조금만 참고 기다려! 수술 잘되었대!"

이렇게 서우를 안심시켜 주고, 소아집중치료실(PICU)를 나섰다.

소아집중치료실(PICU)에서 자가호흡이 제대로 되고, 활력징후가 정상적으로 돌아오게 되면 일반병동으로 가게 된다. 서우는 이틀 정도 소아집중치료실(PICU)에 있다가 일반병동으로 올라갔다. 이제는 구조적으로 정상적인 심장이라서 금방 퇴원할 수 있을 것이라고 했다. 심박 수나 산소포화도 정상이고, 열이 나지 않으면 퇴원할 수 있다고 했다. 발열은 대표적인 염증 반응이기 때문에 열이 나면 병원에서는 퇴원시키지 않는다. 열이 나지 않고, 아무 일 없기를 바라면서 나는 퇴원 후 집에 올 아내와 서우를 즐거운 마음으로 기다리고 있었다.

집에 가고 싶어

　수술이 잘되어서 이제 퇴원만 하면 된다. 아직 구개열 수술이 남아 있지만, 일단 큰 숙제를 하나 끝냈다는 사실에 한결 마음이 가벼워졌다. 곧 봄이 되니 이제는 강심장으로 돌아온 서우와 여행도 가고 싶었고, 꽃이 피면 공원에도 자주 나가고 싶었다. 아내와 서우가 없는 밤은 길고 길었다. 혼자 침대에서 자려니 잠도 잘 오지 않았다. 서우의 장난감을 정리하기도 하고, 괜히 서우 침대의 이부자리를 정리하기도 하면서 곧 집에 돌아올 서우를 기다렸다.

　즐겁게 서우를 기다리던 와중에 안 좋은 소식이 하나 들려왔다. 서우가 열이 나기 시작했다는 것이다. 염증 반응이 일어난 것인데, 심장 수술을 마치고 나서 봉합이 잘못되었는지, 봉합 부위가 아물지 않고 함몰이 되었는데 봉합 부위 가슴 위쪽 부분에 염증이 생긴 것 같다고 했다. 수술 부위를 다시 째고 재봉합 수술을 해야 한다고 했다.

수술이 잘되어서 서우가 곧 집에 올 수 있을 줄 알았는데, 집에 올 수 있는 날이 미루어졌다. 보통 수술은 담당교수가 하고, 봉합은 어시스트를 하는 전임의나 전공의가 마무리한다고 하는데, 봉합을 해준 의사를 원망했다. 생명에는 크게 영향을 주지는 않았기 때문에 그나마 다행이었지만, 다시 수술실에 들어가야 한다는 것에 화가 났다.

우선 열이 떨어져야 수술을 할 수 있으므로 항생제를 투여하고 열이 떨어지기를 기다렸다. 그리고 며칠 후 열이 떨어져 재봉합 수술에 들어갔다. 이번에는 깔끔하게 봉합되기를 바랐고, 재봉합 수술은 전신마취까지 한 준비 과정에 비해 비교적 짧은 시간 만에 끝났다. 이번에는 봉합이 잘되었으리라 믿었다. 재봉합 수술도 수술이기 때문에, 전신마취를 하고 수술실에 들어갔다. 첫 번째 수술, 두 번째 수술과 재봉합 수술로 서우 가슴에 총 세 줄의 상처가 생기는 순간이었다. 손바닥만 한 가슴의 수술 자국을 보면 '이 조그만 아이가 얼마나 힘들었을까?' 하는 생각에 가슴이 정해진다.

다행히 재봉합 수술은 잘되었다고 했다. 그런데 바로 퇴원할 수 없다는 얘기를 들었다. 다시 재봉합 부위에 문제가 생긴 것이다. 재봉합 부위에서 장 세균이 발생해서 염증 수치가 아직 안 내려가고 있었다. 염증 수치를 낮추는 방법은 항생제를 투여하는 방법밖에는 없다. 항생제를 무려 4주 동안이나 맞아야 한다고 했다. 봉합 부위에 장 세균이 발생하였지만, 심장 조직까지 염증이 생기면 안 되기에 항생제를 오래 써야 한다는 것이다.

금방 퇴원할 수 있을 것 같았는데, 앞으로 한 달이나 병원에 더 있어야 했다. 아내의 복직 날짜는 여유가 있었기에 다행이었지만, 한 달을 더 병원에 있어야 한다니 아내와 서우가 너무 고생스러웠다. 봉합을 담당한 의료진을 원망했지만, 그래도 서우의 심장이 정상적인 구조로 잘 고쳐졌다는 것에 의미를 두고 4주간의 병원 생활을 다시 시작했다.

그래도 심장 수술이 완료된 상황이라 마음은 편했다. 항생제를 오래 써야 하지만, 세균 감염성만 극복하면 우리는 집에 갈 수 있다고 생각하면서 가벼운 마음으로 버텼다. 물론 아내와 서우는 병원에서 고생해서 안타까웠지만, 나는 집에서 가벼운 마음으로 두 여자를 기다렸다. 지금까지 하늘이 도왔다고 생각해서 긍정적으로 생각하면서 기다리기로 마음먹었다.

2차 수술을 끝내고 일주일 후에 재봉합 수술을 하였고, 재봉합 부위에 세균이 발생하여 4주간 항생제 처방으로 2달가량의 시간을 병원에 있어야 해서 서우의 온갖 짐들을 병원으로 옮겨놓았다. 병원에 살림살이가 늘어갔다. 서우 기저귀며 손수건이며 새것으로 가져다주었다. 아내의 빨랫감을 집으로 가져왔고, 필요한 물건들을 병원으로 가져다주었다. 서우의 장난감도 새것을 사다 주기도 하고, 집에 있는 것을 가져다주기도 했다. 병원은 이미 서우의 방이 되어버렸다.

병원 생활을 오래 하다 보니, 먹는 것이 변변치 않았다. 아내도 서우도 병원 밥을 한 달 이상 먹어야 했다. 첫돌이 지나 이유식을 먹고 있던 서우는 일반식도 잘 먹었다. 반찬으로 나온 생선도 발라주면 잘 먹는다고 했다.

"서우는 밥 잘 먹어?"

"응. 서우가 생선도 잘 먹고, 쌀밥도 잘 먹어."

"다행이네. 서우가 우유는 잘 안 먹더니, 이유식이나 밥은 잘 먹네."

"응. 서우는 밥 체질인가 봐. 탄수화물파야. 하하하."

구개열 때문에 젖병을 빨기 힘들어해서 걱정을 많이 했는데, 이유식을 시작한 후로는 오히려 잘 먹었다. 이유식에 이어 일반식도 잘 먹어주었다. 흰쌀밥을 제일 좋아했다. 반찬도 고기, 생선 등 가리지 않고 잘 먹어주었다. 잘 먹어주어서 금방 회복할 것으로 생각하였다.

아내도 병원 밥이 질렸을 것이라는 생각에 몇 가지 음식을 해서 가져다주고는 했다. 평소에 해본 요리라고는 파스타밖에 없었다. 인터넷에서 요리법을 찾아보고 돼지고기 김치찜과 닭볶음탕을 시도해 보았다. 처음 해보는 음식이었는데, 아내는 생각보다 맛있다고 했다. 아마도 병원 밥에 질려서 매콤한 것이 입에 들어가서 맛있다고 생각했을 수도 있을 것이다. 보호자식도 병원에서 나오는 밥은 간이 세지 않다. 매콤한 것이 당길 것 같아 매콤한 음식을 주로 가져다주었고, 좋아하는 떡볶이도 사다 주곤 했다. 매일 병원 밥만 먹는 아내가 안쓰러워서 요리법을 찾아보면서 만들었는데, 맛있다고 하니 기분이 좋았다.

주말이면 나는 서우를 보기 위해 병원에 계속 머물렀다. 입원 중이면 하루 두 번 혈압 등의 활력징후를 측정해야 하고, 항생제도 맞아야 하는데, 서우는 또 점심 먹고 낮잠을 자야 한다. 서우가 깨어 있는 시간과 병원에서 아무

것도 하지 않은 시간을 잘 맞춰가야 서우를 볼 수 있었다. 서우 컨디션이 안 좋거나 잠을 자고 있으면 병원 로비에서 혼자 시간을 보내다가 서우가 컨디션이 좋아지거나 잠에서 깨면 병원 로비나 병원 지하 아케이드를 산책했다. 코로나19로 보호자 등의 병동 면회가 전면 금지되면서 조금 불편하기는 했지만, 환자의 회복과 다른 감염 예방을 위해서는 당연한 조치라고 생각했다.

서우는 유모차를 타고 산책하는 것을 좋아했다. 산책을 하면서 까르르 웃어주면 일주일 치의 스트레스가 다 풀렸다. 아내도 병원 생활이 힘들 법도 한데, 서우의 밝은 모습에 마음이 놓이는 눈치였고, 무엇보다 서우의 심장 수술이 성공적이어서 안심이 되는 것 같았다. 피곤함이 역력한 아내의 얼굴인데도 흐뭇함과 안도감이 내비쳐졌다. 그런 모습에 나도 안심이 되었다. 두 여자가 병원에서 그래도 잘 지내고 있는 것 같았다.

그러고는 4주 동안의 항생제 처방이 끝났다. 목, 팔, 발을 돌아가며 중심정맥관을 잡아놓아서 여기저기 주사 자국이 남은 채로 지긋지긋한 4주간의 항생제 투여가 끝나 드디어 퇴원이 결정되었다. 아내와 서우가 없는 집은 허전했다. 셋이 매일 같이 자다가 둘이 없으니 너무 허전해서 잠이 오질 않았다. 그러나 이제는 잠이 잘 올 것 같았다. 아내와 서우가 집으로 돌아온다고 하니 반가운 손님이 찾아오는 것처럼 신이 났다.

그렇게 우리는 서우의 심장 수술을 마치고 집으로 돌아왔다. 태어날 때부터 먹었던 심장약도 조금씩 줄여 수술 후에 심장 기능이 어느 정도 정상적으로 돌아온 것을 확인하고는 심장약을 안 먹어도 된다고 했다. 드디어 약이 하나 줄어들었다.

초음파 검사는 처음에는 3개월에 한 번, 그러고는 6개월에 한 번, 지금은 1년에 한 번 정도 검사해서 심장 상태를 확인하고 있다. 심실을 제대로 가진 구조적으로 완전한 심장이 되었지만 몇 가지 우려가 되는 점은 아직 남아 있다. 승모판막의 일부 조직이 좌심실에 남아 있는 상태라서 그것이 만약 자란다면 제거해 줘야 하는 상황이 발생할 수도 있다. 우심실과 우심방 사이에 역류가 조금씩 발생하고, 우심실 유출부에 약간의 협착이 있어 그것이 나중에 심해진다면 수술을 해줘야 할 수도 있다고 했다. 하지만 수년 내에 발생할 가능성은 없다고 했고, 현재 심장 기능도 이상이 없다고 하니 안심이었다.

초음파 검사를 하고 나면, 심장내과와 외과에서 모두 진료를 본다. 서우는 유독 심장외과 담당 교수를 좋아한다. 서우는 병원에서의 트라우마 때문인지 진료실에 들어가는 것을 매우 싫어하는데, 심장외과 담당 교수 진료실은 예외이다. 다른 진료실에서는 잠시 진찰을 위해 침대에 눕히려고 하면 자지러지게 울 때도 많았다. 하지만, 이상하게도 심장외과 담당 교수 진료실을 들어갈 때는 망설임 없이 들어가서 진료도 잘 받는다. 자기 심장을 고쳐준 사람인 걸 아는 듯이 담당 교수가 서우에게 말을 건넬 때도 수줍어하기는 하나 싫지 않은 표정이다.

2024년 1월, 거의 1년 만에 심장외과 담당 교수 외래진료가 있었다. 이때도 서우는 망설임 없이 진료실을 들어갔다.

"서우야! '안녕하세요' 해야지."

말은 못 하지만 허리 숙여 인사하라고 하면 알 수 없는 말을 뱉으면서 허리를 숙인다.

"응. 그래. 서우 왔니?"

담당 교수가 서우에게 말을 걸었다. 쑥스러워 몸을 배배 꼬았지만, 이내 진료실을 여기저기 다니면서 장난을 친다. 여태껏 진료실을 많이 들어와 봤지만, 이렇게 활발한 행동을 하는 서우는 처음 보았다. 진료에 방해될까 싶어서 서우에게 그만하라고 했다.

"서우야! 이리와! 거기 들어가면 안 돼!"

"거기가 궁금했어? 그래 뭐 있는지 한번 봐봐!"

담당 교수는 괜찮다고 서우가 하고 싶은 대로 하게 놔두었다.

"음…. 서우 심장에 큰 이상은 없어요. 2년 후에 만나도 될 것 같아요."

"아! 네…. 서우야! 이제 선생님 2년 후에나 만날 수 있어. 선생님한테 인사해!"

서우는 무슨 말인지 못 알아들었겠지만, 서우가 제일 좋아하는 선생님이었기 때문에 나는 내심 아쉬운 마음이 들었다. 하지만, 그만큼 서우의 심장 상태가 좋아져서 정기 진료도 1년에서 2년으로 늘어난 것이기 때문에 즐거운 마음으로 진료를 마치고 돌아왔다.

담당 교수가 먼저 서우에게 인사해 주었다.

"서우야! 우리 2년 후에 만나. 밥 잘 먹고, 엄마·아빠 말씀 잘 듣고!"

Ⅲ

끝나지 않은 숙제들

새로운 숙제

목덜미에 이게 뭐예요? 혈관종?

서우의 오른쪽 목에는 태어날 때부터 자그마한 혹이 있었다. 혈관이 뭉쳐 있는 것처럼 보였는데, 심장 수술 하고 나서는 정신없기도 했었고, 시간이 지나면 없어질 수도 있다는 말에 다른 질환들보다 신경을 덜 썼다. 볼 때마다 크기가 줄어든 것 같기도 했고, 더 커진 것 같기도 했다. 아기들은 목이 짧아서 목을 옆으로 젖혀야 보여서 티가 많이 나지 않았다.

그런데, 서우의 첫 번째 심장 수술을 한 후, 퇴원을 하고 집에서 지내는 동안 혹이 내 엄지손가락 한 마디 정도의 크기만큼 커졌고, 파란 혈관이 보일 정도였다. 신경이 쓰일 정도로 커져서 소아청소년종양혈액과에 진료를 예약하고 진료를 보았다. 혈관이 뭉쳐 있는 혈관종이라고 했다. 약을 먹으면 없어질 것이라고 했고, 만약에 약을 먹어도 안 없어진다면 수술적 방법으로 제거해야 한다고 했다. 이제 수술이라는 말만 들어도 놀란다. 수술까지는 안 했으면 좋겠다고 생각했다.

오른쪽 목에 툭 불거진 혈관종이 자꾸 신경이 쓰였다. 그 당시에는 심장 수술을 했지만, 심실중격결손을 막지 못해 심부전이나 고혈압 등을 일으킬 수 있어 심장약을 먹고 있었다. 혈관종약도 비슷한 계열이라 용량을 높이면 오히려 저혈압이 올 수도 있다고 해서 심장내과 처방을 고려해서 종양혈액과에서 처방을 해주었다. 정량의 약을 먹을 수 없어서 그랬는지 몰라도 혈관종이 좀처럼 없어지지 않았다.

'약을 먹으면 없어지겠지?'

'나중에 수술해야 하면 어떻게 하나?'

걱정되었다. 항상 최악의 상황을 생각하게 되었다. 그래야 최악의 상황이 찾아왔을 때, 상처나 충격이 덜하다. 아내가 서우를 임신하고, 지금까지의 충격들이 나를 그렇게 만들었다.

'항상 최악의 상황을 생각하자! 그것보다는 낫겠지.'

'정신 차리자! 중심을 잃지 말자!'

하지만, 수술까지 가게 되는 상황은 벌어지지 않았다. 1년을 넘도록 약을 먹고 나니 혈관종이 조금씩 작아졌다. 서우는 태어나서부터 2년 넘는 시간 동안 약을 한 번도 안 먹는 날이 없었다. 심장약을 매일 먹고 있었기 때문이다. 심장약과 더불어 혈관종약을 1년 이상 먹고 나니 혈관종이 조금씩 작아지다가 드디어 없어졌다. 마지막 외래진료 시에 약을 안 먹어도 된다는 얘기를 듣고 너무 기뻤다. 또 생길 수도 있다고는 했지만, 적어도 지금은 목덜미에 툭 불거진 혈관종이 깨끗하게 없어졌다. 또 생기지 않기를 바라면서 마지막 외래진료를 마치고 왔다.

갑상선도 안 좋다고요? 〈갑상선 기능 저하증〉

서우가 세 돌이 되기 전까지는 외래진료가 워낙 많아서 한 달에 한두 번씩은 외래진료를 보기 위해 병원에 다녔다. 심장과 진료가 가장 많았고, 아무래도 염색체 미세결실로 인한 질환들이 우려되다 보니 의학유전학과 진료도 꾸준히 받았다. 의학유전학과 외래를 보기 전에는 항상 채혈 검사를 한다. 채혈 검사 결과 갑상샘저하증이라고 했다. 초음파 검사도 했는데, 갑상샘이 정상보다 조금 작다고 했다. 나도 지금 10년째 갑상샘저하증을 가지고 있어서 매일 약을 먹는데, 혹시나 부모의 영향으로 생긴 것은 아닌가 하는 생각이 들었다. 병원에서는 부모의 유전으로 생긴 것이 아니라, 염색체 미세결실과 관련이 있는 것 같다고 했다. 갑상샘저하증은 매일 아침 약을 먹어줘야 한다. 호르몬 분비가 잘 안되기 때문에 호르몬을 보충해 주는 것으로 생각하면 쉽다. 갑상샘약은 한번 먹으면 끊기가 어려워서 계속 먹어야 한다고 하는데, 걱정이었다. 하지만 병원에서는 36개월까지 먹어보고 검사를 해서 결정하자는 얘기를 했다.

'이렇게 하나씩 하나씩 다른 병들이 생기는 건가?'

큰 병은 아니지만, 신경이 쓰이는 병이었다. 소아시기의 갑상샘저하증은 성장이나 발달에 큰 영향을 주어서 제때 호르몬을 보충해 줘야 한다고 한다. 지능이 떨어진 후에는 호르몬을 보충해도 지능 회복이 어렵다고 한다. 그래도 수술이나 시술이 필요한 질병이 아니고 하루에 한 번 약 먹으면 되니, 불행 중 다행이라고 생각했다.

처음 갑상샘약을 받으러 약국에 갔을 때, 가루약으로 만들어 달라고 했었다.

"선생님, 이거 가루약으로 주세요."

"아! 이게 아버님! 워낙 적은 용량이라 가루로 만들 수가 없어요. 하루에 반 알 먹는 건데, 입에 넣어주면 아이들이 그냥 씹어먹을 수 있어요. 쓰지 않고 아무 맛도 나지 않아서 아이들도 잘 먹어요."

"아! 그냥 줘도 먹어요? 그럼 그냥 주세요."

심장약 같은 경우에도 용량이 적어 약국에서 유분(우유 가루)을 섞어주었다. 유분을 가지고 있는 약국도 별로 없어서 유분을 가지고 있는 약국에 가야만 했다. 나는 갑상샘약도 그렇게 줄 것으로 생각했다.

약을 먹는 것은 어렵지 않았다. 용량에 맞춰 반으로 쪼갠 작은 알약을 입에 넣어주면 그냥 깨물어서 씹어 먹는다. 처음에는 '과연 이 알약을 깨물어 먹을 수 있을까?' 하는 우려도 있었지만 생각보다 잘 씹어 삼킨다. 가끔 미처 목구멍으로 넘어가지 못한 파란색 약이 이빨에 묻어 새파란 이빨에 놀라긴 하지만….

36개월이 지나 2023년 초, 채혈 검사 결과, 갑상샘호르몬 수치가 떨어지지 않았다고 했다. 약을 계속 먹어야겠다고 한다. 언제까지일지 모르겠다. 한번 떨어진 호르몬 수치는 다시 올라오기 힘들다고 하는데, 그래서 내분비계 관련 약은 시작하면 죽을 때까지 먹어야 한다는 얘기가 있다. 나도 10년째 갑상샘약을 못 끊고 있고, 고지혈증약까지 추가되었다. 그만큼 내분비계 관련 약은 쉽게 끊을 수가 없어서 걱정이다. 이제 겨우 3살 밖에 안된 서우라서 더 걱정이었다.

서우는 갑상샘이 정상보다 작게 태어나서 일하기가 힘든 것이란 생각이 들었다. 고작 3년 살아온 서우가 평생 약을 먹어야 할 수도 있다고 생각하니 서우에게 또 미안해졌다. 성가시게 하는 일들을 정리하고 싶은데, 정리할 수 있게 되기를 바라본다.

빈혈? 철분결핍이라고요?

소아소화기영양과 진료 시에는 헤모글로빈 수치(Hb) 저하로 인해서 철 결핍성 빈혈이라고 했다. 철분은 보통 음식 섭취로 필요한 만큼 흡수가 되는데, 서우는 철분제를 따로 복용해 줘야 할 수치였다. 하루에 한 번 또는 두 번씩 철분제를 복용하게 되었다. 철분제는 갑상샘저하증약과 유제품 등과는 시간차를 두고 복용해야 한다. 상호작용으로 약의 체내 흡수를 저해한다고 한다. 그래서 일어나자마자 갑상샘약을 먹고, 한 시간 후에 철분제를 먹고, 오전 간식으로 우유가 들어간 유제품은 먹지 못한다.

검사를 할 때마다 헤모글로빈 수치(Hb)가 올라가서 빈혈이 없어지기를 바랐지만, 그렇지 않았다. 아직 말을 하지 못하는 서우가 정말 빈혈기로 어지러울 때가 있는지도 걱정이 되었다. 유난히 창백한 서우 얼굴이 혹시 철 결핍으로 나타난 것은 아닌가 하는 생각도 들었다.

철분을 먹으면 변비가 생기기 쉽고, 변 색깔도 철 성분 때문에 까맣다. 결국 변비 때문인 건지 다른 이유 때문인지 변을 볼 때 직장이 밖으로 조금 튀어나오는 직장탈출증까지 생기게 되었다. 병원 진료를 보니, 결국 직장탈출증의 원인은 직장 내에 생긴 흔히 '용종'이라고 부르는 '폴립(Polyp)' 때문이었다. 장 내 출혈이나 폴립이 있을 경우, 헤모글로빈 수치(Hb)도 높아질 수 있다고 했다. 또 다른 숙제가 생겼다. 크고 작은 숙제가 생길 때마다 아내와 나의 걱정과 죄책감은 늘어만 갔다.

이렇게 서우는 크고 작은 질환들이 계속 생기고 평생 병원에 다니면서 관리할 수밖에 없는 상황이다. 원인은 대부분 '염색체 미세결실'이라는 것을 알았지만, 원인을 제거하는 직접 치료는 할 수 없다. 증상이 발현되면 치료를 하는 대증치료밖에는 없다. 생명에 위협이 되는 질환들이 안 나오길 기대하는 수밖에…. 아무 일도 일어나지 않을 수도 있으니까…. 그러면 정말 다행이다.

"건강하게만 자라다오."라는 이런 상투적 표현들이 간절한 소원이 될 줄은 꿈에도 몰랐다.

입천장 막았어요
'첫 번째 구개열 수술'

　　병원에서는 생후 12개월이 지나면 구개열 수술을 하자고 했다. 보통 구개열 수술은 12개월 전후로 하게 되는데, 신체가 건강한 상태에서 해야 한다고 했다. 서우는 생후 12개월이던 2021년 2월에 심장 수술이 있었다. 심장 수술 후, 경과를 지켜보고 구개열 수술 일정을 잡기로 했었다. 심장 수술을 한 지 6개월이 지났고, 그동안의 초음파 검사 등에서도 별 이상이 없었기 때문에 구개열 수술 날짜가 잡혔다.

　　2021년 9월, 서우는 어느덧 태어난 지 18개월이 되어 구개열 수술을 하게 되었다. 코로나19 감염증 확산을 방지하

기 위해서 입원하기 전에는 환자와 보호자 둘 다 코로나
19 진단검사를 해서 음성이 나와야 입원할 수 있었다. 코
로나19 진단검사는 보건소에 설치된 선별진료센터에서 할
수 있었다. 검사 결과가 하루 정도 걸려서 입원 며칠 전에
검사해서 음성 확인이 되어야 비로소 입원 당일에 입원할
수 있다. 번거로운 과정이지만, 감염 예방을 위해서는 꼭
거쳐야 하는 과정이기에 감수해야만 했다. 고위험군인 나
이가 많은 어르신들과 어린아이들은 특히 더 조심해야만
했다. 결과는 모두 음성이 나와 정상적으로 입원할 수 있
었다.

구개열 수술은 성형외과에서 담당하는데, 구개열이 있는
아이들에게 삼출성 중이염이 흔하게 나타날 수 있어 이비
인후과 진료도 병행했다. 입천장이 열려 있는 아이들은 이
관을 열고 닫는 근육이 약해 중이에 삼출액이 고이는 중
이염이 생기기 쉽다고 해서 필요하면 중이 환기관 삽입술
을 한다고 한다. 고막을 절개해서 튜브를 삽입하여 삼출액
이 고이지 않도록 환기를 시켜주는 역할이었다. 실제로 서
우는 감기에 걸릴 때마다 매번 중이염이 같이 오곤 했다.
그래서 서우도 구개열 수술을 할 때, 양쪽 귀에 중이 환기
관을 삽입하는 수술을 병행했다. 고막에 삽입한 관은 6개

월에서 1년 정도의 시간이 지나면 저절로 빠져나온다고 한다. 고막도 피부처럼 재생이 되어 고막이 재생되면서 관이 밀려 나오는 것이라고 한다.

안과 진료도 병행하였는데, 이는 구개열 때문은 아니었다. 서우는 신생아부터 평상시에 눈물이 계속 흘렀다. 안과 진료를 봤는데, 오른쪽 눈의 눈물샘이 많이 뚫리지 않아서 눈물이 평상시에도 계속 흐르는 것일 수도 있다고 했다.

"눈물샘이 막혀 있을 수가 있어요."

"그럼, 어떻게 해야 하는 거에요?"

"전신마취를 해서 눈물샘 뚫려 있는지 안 뚫려 있는지 확인하고, 안 뚫려 있으면 뚫어야 하는데…. 혹시, 수술계획이 있나요?"

"아! 네, 9월에 구개열 수술 예정이에요."

"그럼 잘됐네요. 어차피 전신마취를 하니까 수술 당일에 가서 눈 안쪽에 눈물샘 확인하고, 안 뚫려 있으면 뚫어주면 돼요."

"네. 알겠습니다."

구개열 수술이 예정되어 있어 같이 수술하기로 했다. 생각보다는 간단한 수술이었는데, 전신마취를 해야 해서 구개열 수술을 하는 김에 같이 하기로 했다. 바늘로 막혀 있는 눈물샘을 뚫어주는 것이라고 했다. 보통 신생아시기에 눈물샘 마사지를 해주기도 하는데, 눈과 코 사이 움푹 들어간 곳이 눈물샘이다. 그 부위를 꾹 눌러 아래로 내리면서 마사지하는 것이다. 마사지하면 수개월 지나 눈물샘이 뚫릴 수도 있다고 해서, 서우도 눈물샘 마사지를 해줬다. 하지만, 서우의 눈물샘은 끝내 뚫리지 않았고, 결국 수술을 해야 했다.

어려운 수술은 아니지만, 전신마취를 해야 하므로 일정상 가능한 수술을 병행하여 시행했다. 심장 수술 만큼 어려운 수술은 아니었지만, 전신마취 후, 구개열 수술, 중이염 수술, 눈물샘 수술 등의 세 가지 수술을 한다고 하니 걱정이 되었다. 구개열이나 중이염 수술은 한 번에 끝나지 않는 경우도 있어, 부디 한 번에 끝날 수 있기를 바랐다.

서우의 입천장이 높은 편이고, 입천장의 뼈와 입천장 근육이 만나는 부분에 구멍이 있어 까다롭다는 담당 교수의 얘기와는 달리 구개열 수술은 생각보다 금방 끝이 났다. 뼈 주변의 근육을 모아서 전체적으로 구조를 다시 만들어야 한다고 했는데, 수술은 구멍이 난 부위를 꿰매기만 했다고 한다. 수술이 편한 방법을 택한 것인지, 아니면 막상 수술실에 들어가서 보니 어려운 부위가 아니었는지 잘 모르겠으나, 일단 구멍을 막아놓았다고 했다. 입천장 구조를 건드리는 것보다는 회복이 빨라서 다행이긴 했지만, 왠지 불안한 마음이 떠나질 않았다. 수술 전에 들었던 설명과는 다른 내용의 수술이었다. 그러나 이미 수술이 완료된 상태고, 수술 부위를 잘 관리하고, 수술 경과를 지켜보기로 했다.

수술을 하고 나서 서우와 함께 병원에 있는 아내와 전화 통화를 했다.

"수술 잘 끝났어?"

"어. 지금 병실에 올라왔어. 마취 기운인지 아직 자."

"응. 회진은 아직 안 왔지? 수술은 잘되었대?"

"응. 아직 회진은 안 왔는데, 수술 끝나고 결과는 대충 얘기해 줬어. 그런데 수술 전에 설명해 준 내용이랑 조금 다르네."

"응? 왜?"

"아니. 분명히 어제 수술계획을 설명해 줄 때는 입천장 앞쪽까지 건드려야 한다고 했고, 그러면 회복이 조금 더딜 수도 있다고 했어. 그런데, 그냥 구멍만 꿰매고 나왔대."

"그래? 그렇게 해도 되는 거래?"

"몰라. 회진 때 뭐라 설명을 해주겠지 뭐."

그러나, 담당 교수 회진 시에도 단순히 구멍만 막은 이유가 분명치 않았다. 여러 가지 생각이 드는 부분이었다.

'의사 입장에서 쉽게 끝낼 수 있는 수술을 선택한 것일까?'

'막상 수술실에 들어가서 수술할 부위를 보니 구멍만 막아도 가능할 것이라는 판단이었을까?'

'분명히 입천장이 높아서 좀 내려야 한다고도 했는데…'

그래도 전문가인 의료진의 판단이니 믿고 가보기로 했다.

구개열 수술 후, 특별한 이상 징후가 없다면 바로 퇴원할 수 있다. 수술 전날 입원해서 다음 날 수술을 하고, 별일이 없다면 그다음 날 퇴원을 한다. 서우는 월요일에 입원해서 화요일에 수술하고, 수술 후에 별일 없어 수요일에 퇴원하게 되었다. 심장 수술을 하고, 재봉합 수술이 필요했었고, 염증도 생겨 뜻하지 않게 병원에 오래 있었던 경험이 있어 퇴원을 제때 하지 못할까 봐 걱정이 되었지만, 다행히 수술 다음 날 바로 퇴원했다.

집으로 온 서우는 입으로 손을 가져가서 수술 부위를 만지면 안 되기 때문에 4주 이상의 시간 동안 팔에 부목을 하고 있어야 했고, 수술 부위 보호 차원에서 유동식만 먹어야 했다. 팔을 굽히지 못하는 서우를 보고 있으면 내가 불편함을 느꼈다. 안쓰럽지만 수술 부위를 보호해야 했기에 혹시나 서우가 스스로 부목을 풀어버리지 않을까 노심초사하면서 서우와 놀아줬다. 흰쌀밥을 좋아하는 서우가 유동식을 한 달 동안 먹어야 한다니… 분유를 포함한 흰 우유를 싫어해서 초콜릿 맛 영양식과 떠먹는 요구르트 등을 먹곤 했다. 서우는 흰쌀밥만 보이면 환장할 정도로 밥을 좋아하는 아이였다. 밥을 먹을 때마다 서우에게 미안해서 집에서 밥을 제대로 먹을 수 없었다. 그래서 서우가 밥을 먹지 못하는 기간 동안, 아내와 나는 서우가 자는 동안 밥을 먹거나 교대로 서우 몰래 먹어야만 했다.

구개열이 있는 아이는 물이나 우유 같은 유동식을 먹을 때, 코로 나오는 경우가 다반사이다. 입천장이 뚫려 있기 때문에 목으로 넘어가지 못한 액체가 코로 자주 나온다. 수술하고 나서는 물 같은 액체를 먹어도 코로 나오지 않았다. 수술 부위가 뼈와의 경계에 있어 수술하고도 조심스러웠다. 구멍이 다시 생길 수 있다고 했다. 구멍이 다시 생기면 수술을 다시 해야 했기에 우리는 조심스럽게 서우를 다뤘다. 지금 태어난 지 18개월밖에 안 된 이 조그만 아이가 심장 수술 두 번, 구개열 수술 한 번, 총 세 번의 수술을 마쳤다. 심장 수술 후, 재봉합 수술을 포함하면 네 번째 수술이다. 다시 또 차가운 수술대에 서우를 혼자 두기 싫었다.

그런데 결국, 수술한 지 2주 정도가 지나고 나서 일이 생기고 말았다. 어느 순간 유동식을 먹을 때, 코로 나오기 시작한 것이다. 반신반의하면서 서우의 입속을 들여다보았다. 꿰맨 자국이 보이는 가운데 입천장과 근육 사이에 작은 구멍이 생겨버렸다. 아내는 관리를 잘못한 것이 아닌가 자책했지만 수술 부위 자체가 구멍이 생기기 쉬운 위치였다. 입천장에 갈라진 부위가 입천장뼈와 근육의 경계 부분이었기 때문에 수술하고도 구멍이 쉽게 생길 수 있는 부위였다.

회복이 더디더라도 입천장 구조를 건드려 제대로 수술했었으면 어땠을까? 수술을 집도한 담당 교수의 판단이 너무 아쉬웠다. '수술실에서 제일 나은 선택이었겠지?'라고 생각하며 받아들이려 했지만 재수술을 해야 한다고 생각하니 담당 교수가 조금은 원망스러웠다.

원래 수술계획은 입천장 앞쪽 근육 재배치를 통해 좀 더 구조적으로 안정되도록 하는 것이었다. 그런데 막상 담당 교수는 구멍만 꿰매놓은 상황이었다. 버틸 수 있을 줄 알았지만, 워낙 뼈와 근육의 경계 지점이라 수술 부위에 구멍이 생겼다. 그나마 전보다 구멍이 작아져서 코로 흘러나오는 우유의 양이 줄어들긴 했지만, 어차피 수술을 또 해야만 했다.

'아! 왜 이렇게 한 번에 끝나는 것이 없을까?'

무엇이든지 한 번에 끝나는 일이 없어서 서우를 계속 힘들게 하는 것 같아 마음이 좋지 않았다.

수술 부위에 구멍이 나고 첫 외래진료가 있는 날이었다. 담당 교수에게 구멍이 난 것 같다고 얘기했다.

"교수님, 우유가 코로 나오는 게 구멍이 난 것 같아요. 한번 봐주세요."

담당 교수가 불빛을 비춰 서우의 입안을 보더니, 한숨을 쉬었다.

"후유~ 결국 터졌네요. 위험한 부위이긴 했는데, 그래도 버텨줄 줄 알았는데 구멍이 났네요."

나도 한숨을 쉬었다.

"하아~ 그럼 수술을 다시 해야 하는 거죠?"

"네 수술을 다시 해야 하는데, 아이가 좀 크면서 입천장 쪽이 어떻게 자라는지 보고 수술을 하는 게 좋을 것 같아요."

"그럼, 언제쯤 수술을 하나요?"

"1년 정도 후에 하면 좋을 것 같아요."

"그럼 1년 후에는 입천장 앞쪽을 건드려야 하는 거죠?"

"네 입천장이 지금 좀 높아서 근육들을 모아서 근육을 재배치하고, 입천장 구조를 좀 건드려야 할 것 같아요. 이번에 한 수술보다 회복은 조금 더딜 거고요."

결국 재수술이 필요했고, 다시 1년을 기다려야 했다. 자라면서 입천장 쪽의 발육 상황을 보고 수술을 하자는 얘기였다.

그래도 입천장에 남은 실밥들이 풀어져 구멍이 더 커지지 않도록 조심했다. 팔에 둘렀던 부목도 계속하고 있었다. 입속의 수술 부위가 아무는 데는 한 달이라는 시간이 걸렸다. 수술을 하고 나서 4주가 지나서야 서우는 부목을 풀고 자유로운 팔을 가질 수 있었다. 서우가 부목을 하고 있을 때 마치 내가 부목을 한 것처럼 내 팔이 불편한 것처럼 느꼈는데, 서우가 부목을 풀고 자유로워지니 내 마음이 더 후련해졌다.

끝이었으면 좋겠어
'두 번째 구개열 수술'

구개열 수술을 한 지 1년이 되던 2022년 9월 두 번째 구개열 수술 날짜가 다가왔다. 이번에는 정말 끝이었으면 좋겠다고 생각했다. 한 번도 아니고 몇 번씩이나 어린아이를 수술방에 혼자 들여보내는 것은 정말 가슴이 아프다.

두 번째 수술은 입천장 주변의 근육 조직들을 재배치해서 입천장 높이도 낮추고 구멍을 막는 수술이었다. 입천장을 많이 건드려야 해서 수술 후 회복 기간이 조금 더 걸릴 수도 있다고 했다. 그래도 지난번처럼 다시 구멍이 뚫리는 일이 없다면 회복 기간 동안 최대한 조심하고 불편을 감수하면 될 일이었다.

입원하기 전, 역시나 코로나19 감염증 진단검사를 해야했고, 아내와 서우 모두 음성이 나와 입원 짐을 싸고 입원했다. 수술뿐만 아니라 아이들은 각종 검사가 있을 때, 입원을 해야만 해서 이제 코로나19 진단검사는 일상이 되어버린 듯하다. 여느 때와 같이 입원하기 전 코로나19 진단검사를 하고 입원 전날 캐리어에 짐을 쌌다.

심장 수술보다는 가벼운 수술이었고, 입원도 2박 3일만 하면 돼서 짐은 비교적 가벼웠지만, 이번에는 끝이었으면 좋겠다는 마음의 짐이 무거웠다. 아내도 나도 제발 마지막 수술이었으면 좋겠다고 생각했다.

1차 수술 실패 후, 중이염이 재발했다. 역시나 코와 입은 연결되어 있기 때문에 뚫린 입천장 구멍으로 인해 귀에 물이 차서 감기에 걸릴 때마다 중이염이 생겼다. 두 번째 수술할 때 중이염 수술을 다시 한번 하기로 했다. 구개열이 해결되어야 중이염도 사라지게 되는 것이니 어쩔 수 없었다.

구개열은 수술 후, 수술 부위 관리가 중요하나, 회복은 빨리 되는 편이다. 꿰맨 부위의 실밥이 터져 구멍이 다시 생기지 않게 조심해야 하지만, 통증이 심하지는 않고, 수술 부위도 금방 아무는 편이라서 다행이었다. 다만, 유동식을 4주 동안이나 먹어야 해서 힘들었다. 밥순이 서우가 밥을 먹지 못하다니. 이것이 벌이라면, 서우 생애에 가장 무서운 벌이 아닌가 싶다.

다행히 수술은 잘되었다고 했다. 높은 입천장을 주변 근육을 끌어다가 채워 넣고, 구멍도 잘 막았다고 했다. '진작 그렇게 했으면 재수술을 안 해도 되었을까?' 아쉬운 마음도 있었지만, 이미 벌어진 일을 돌이킬 수도 없는 노릇이어서 현재와 미래만 생각하기로 했다.

첫 번째 수술했을 때와 마찬가지로 팔에 부목을 하고 있어야 했다. 서우가 손을 입에 가져가지 않도록 지난번보다 더더욱 신경 썼다. 서우도 입안에 이물감을 많이 느꼈을 텐데, 자기도 손을 대면 안 된다고 느꼈는지 손을 입에 가져다 대는 일은 별로 없었다. 아내와 나, 그리고 서우조차도 수술 부위 관리에 많은 신경을 쏟았다.

그렇게 2주가 지나서 외래진료를 보았다.

"어디 보자. 구멍이 생겼나? 아~ 해보자! 음…. 괜찮네요."

"잘 아물고 있나요?"

"음…. 다행히 구멍이 안 생기고, 잘 아물고 있어요."

"교수님, 아직 밥은 안 되겠죠? 밥을 너무 좋아해서 뭐라도 먹였으면 좋겠는데…."

나는 담당 교수에게 서우에게 밥을 먹여도 되는지 물어

보았다. 원래 4주 동안 유동식을 먹어야 한다고 해서 2주가 지난 시점에 밥을 먹는 것은 안 되는 줄 알았지만, 혹시나 해서 한번 물어보았다.

"아! 아직 안 돼요. 2주만 더 유동식을 먹읍시다. 2주만 더 먹고 부드러운 음식부터 먹는 걸로 할게요."

"네. 안 되겠죠? 알겠습니다."

담당 교수는 2주 더 유동식을 먹자고 했고, 2주 후 다시 외래진료를 보았다. 수술 부위가 잘 아물었고, 이제 밥을 조금씩 먹어도 된다고 했다.

"네 거의 다 아물었어요. 구멍도 안 생기고 깨끗하게!"

"그럼, 이제 밥을 좀 먹어도 되나요? 서우가 워낙 밥을 좋아해서…."

"네 먹어도 돼요. 대신 딱딱한 반찬 말고 부드러운 반찬으로 시작하세요."

밥을 먹어도 된다는 말에 너무 기뻤다. 진료실을 나오자마자 서우에게 말했다.

"서우야! 이제 밥 먹어도 된대! 밥 시간이 안 되기는 했는데, 우리 빵 먹으러 갈까?"

서우가 '빵'이라는 말을 알아들었는지, 눈이 휘둥그레졌다. 병원 근처에 빵이 맛있다는 베이커리 카페로 향했다.

나도 출출한 나머지 빵을 너무 많이 사버렸다.

"빵을 그렇게 먹고 싶었어? 서우! 빵 좋아?"

서우에게 물으니, 입가에 미소를 지으며 몸을 흔든다. 좋다는 얘기다.

"서우! 빵 맛있어요?"

"맘마! 맘마!"

맛있다는 얘기다.

그렇게 서우와 나는 앉은자리에서 빵 네댓 개를 해치웠다. 이제는 유동식이 아니라 씹어 먹을 수 있는 음식을 먹을 수 있어서 너무나도 다행이었다. 밥을 좋아하는 서우에게도 다행이었고, 밥을 먹지 못하는 서우 몰래 밥을 먹었던 아내와 나도 더 이상 숨어서 밥을 먹지 않아도 되어서 다행이었다.

두 번째 구개열 수술은 성공적이었다. 수술 부위에 구멍이 나지 않았고, 잘 아물었다. 다만, 숙제가 하나 남아 있었다. 구개열이 있는 아이들의 경우 수술로 구조적인 교정을 완료해도 언어 장애가 생길 수 있다는 것이다. 잘못된 소리가 날 수도 있고, 발음이 잘 안될 수 있다는 것이다. 수술 후에 언어평가를 통해서 확인하는데, 만약, 구조적으로 문제가 있어서 발음이 안 되는 것이라면, 재수술해야 할 수도 있다고 했다. 그런데, 서우가 아직 말을 하지 못해서 언어평가가 힘들었다. 여러 가지 발음을 내면서 소리를 들어보고 판단해야 하는데, 서우가 아직 '맘마', '엄마' 같은 비음으로 내는 소리밖에 내지를 못했다. 결국, 병원에서는 서우가 말을 할 수 있을 때 언어평가를 다시 해서 판단하자고 했다.

예약한 언어평가 날이 다가왔을 때, 아직도 서우가 낼 수 있는 소리가 많지 않았다. 평가를 연기해야 했다. 처음엔 3개월 후로 연기했고, 그다음엔 6개월 후로 연기했다. 계속 연기를 했다. 언어평가를 할 수 없어서 말을 할 수 있을 때까지 연기해야 하는데, 연기할 때마다 마음이 착잡해진다.

'혹시 구개열 수술이 잘못돼서 서우가 소리를 못 내고 있는 것은 아니겠지?'

'기다려 보자. 일단 여러 가지 소리가 나올 때까지 기다려 보자.'

'언어치료도 받고 있으니까, 조금 기다려 보자. 조금 천천히 가는 것뿐이야.'

생각할수록 걱정만 커졌지만, 다시 긍정적인 마음으로 서우가 말이 트이기를 기다려 주기로 했다. 전체적인 발달이 조금 느려서 발화 또한 늦었다. 만 2세가 지나도록 의미 있는 단어를 말하지 못하는 무발화 상태였다. 병원에서도 언어치료를 권장해서 언어치료를 받고 있었다. '구개열이 해소되면 발화가 되지 않을까?' 하는 기대감도 있었지만, 기대가 현실로 나타나지는 않았다.

언어평가를 하지 못해서 입속의 구조적인 문제점이 남아 있는지 여부는 아직 알 수가 없다. 그러기에 아직 구개열이 완전히 고쳐졌다고 말하기는 힘든 상황이다. 일단 눈에 보이는 구조적 결함은 교정을 한 상태이지만, 발음하는 데 구조적 문제가 있다고 한다면 다시 수술해야 할 수도 있다. 아직 미완의 숙제들이 어깨를 무겁게 하고, 걱정이 가슴을 파고들지만, 제발 끝이기를 바라본다. 세 번째 수술은 없었으면 좋겠다.

'제발 끝이어라!'

아빠! 똥꼬가 이상해

2021년 5월, 서우가 15개월이 되었을 때였다. 서우가 대변을 본 것 같아 기저귀를 갈아주려고 기저귀를 풀어버린 순간 나는 깜짝 놀라 아내에게 말했다.

"이거 왜 이러지? 이상해. 서우 똥꼬가 튀어나온 것 같아."

아내도 깜짝 놀라 말했다.

"어? 이거 왜 이래?"

둘 다 놀라서 일단 병원에 가서 현 상황을 보여주기 위해 사진을 찍고, 기저귀를 갈고 나서 응급실로 가기로 했다.

"응급실로 가야겠지?"

"응. 오늘 휴일이라 소아과 진료 일찍 끝났을 거야."

"그럼 어디로 가야 하나? 아산병원 가야 하나?"

"일단 가까운 데로 가자. 응급조치가 필요한 사항은 아닌 것 같은데, 진료는 봐야 할 것 같으니까."

휴일인 데다가 가까운 소아청소년과는 진료 시간이 지난 후였다. 나는 아내에게 집에서 가까운 은평성모병원 응급실로 가는 것을 제안했다.

소아 전문 응급의료센터는 서울지역에 서울대학교 병원, 서울아산병원, 연세대학교 세브란스병원 이렇게 세 개뿐이고, 전국적으로도 서울을 포함하여 열 개 정도밖에 안 된다. 소아 전문 응급의료센터는 소아 전문의가 상주하고 있어야 하고, 소아 전문 의료장비를 갖추고 있어야 한다.

그리고 달빛병원이 있는데, 달빛병원은 18세 미만 소아 및 청소년 환자를 위해 운영되고 있는 병원으로 보통 밤 11시 또는 12시까지 운영이 되고, 휴일은 6시 또는 7시까지 운영되는 것이 일반적이다. 주말이나 밤에 아이가 아프면 선택의 여지가 없이 최대한 가까운 병원으로 가야 하는데, 소아 전문 응급의료센터는 너무 멀었고, 근처에 달빛병원도 없었다. 그래서 우리는 소아 전문 응급의료센터는 아니지만 소아 진료를 볼 수 있는 은평성모병원 응급실로 향했다.

서둘러 응급실로 갔고, 아내와 서우가 접수를 하고 응급실로 들어갔다. 나는 병원 로비에서 기다려야 했다. 응급실 진료는 접수하고 진료하기까지가 오래 걸렸다. 은평성모병원은 소아응급실은 있으나, 소아 전문 응급의료센터가 아니라서 주말이나 휴일은 소아청소년과 전담 의사가 상주하지 않는다. 당직 근무 중인 소아과 의사가 올 때까지 대기해야 했다.

　응급 진료를 보았는데, 변비가 있으면 직장이 밖으로 튀어나오는 직장탈출증이 생길 수 있다고 했다. 아직 아기라서 조직이 연하기 때문에 충분히 발생할 수 있는 현상이라고 했다. 변비약을 처방해 주었고, 또 튀어나오면 손으로 살짝 밀어 넣어주라고 했다. 보통 어른의 엄지손톱 크기만큼 튀어나오는데, 항상 대변을 볼 때마다 튀어나와서 계속 넣어주어야 했다. 서우가 대변을 보면 기저귀를 열기 전에는 항상 마음의 준비를 했었고, 이번엔 직장이 튀어나오지 않기를 바랐다. 그러나 어김없이 직장은 튀어나왔고 조심스레 변을 닦아주고 멸균 장갑을 끼고 튀어나온 직장을 쏙 밀어 넣어주었다. 그러나 한두 번도 아니고 이런 상황이 계속 반복되어서 걱정되었다. 대변이 딱딱하고 변비가 있어서 그런 것만이 아닌 것 같았다. 딱딱한 변을 싸도, 묽은 변을 싸도 계속 직장이 튀어나왔다.

두 달 동안 계속 튀어나온 직장을 손으로 넣어주어야 했다. 그런 상황이 계속될수록 걱정은 커져만 갔다. 그러다가 혈변까지 보았다. 더욱 정확한 진단을 받아보려고 서울아산병원 소아외과에 외래진료를 예약하고 진료를 봤다. 그동안의 상황들을 설명하고, 찍어놓은 사진들을 보여줬다. 소아외과에서는 단순 변비일 수도 있지만, 직장에 폴립이 있는 경우에도 직장이 튀어나올 수 있다고 했다. 직장에 폴립이 있으면, 직장을 변으로 인식해서 밀어내는 경우가 있다고 한다. 직장 및 S자 결장의 내시경을 해보자고 했다.

'아…. 내시경 검사도 해야 하는구나.'

'대체 검사, 진료, 수술은 언제 끝나는 걸까?'

'하아…. 끝나긴 하는 걸까?'

계속되는 검사, 진료, 수술에 나도 많이 지쳐 있었다. 안타까운 마음에 긴 한숨이 나왔고, 한탄하게 되었다. 서우가 태어나서부터 서울아산병원 어린이병원에 있는 진료과는 치과, 비뇨기과 정도를 제외하고는 거의 다 가보았다. 지금은 갈 필요 없는 진료과도 있지만, 세 돌이 지나기 전까지는 한 달에 한두 번씩 여러 진료과에 외래진료가 있었다. 생명에 현저히 지장이 있는 질병들은 아니었지만, 크고 작은 증상들이 있어 꾸준히 관리해 줘야 하고, 확인해야만 했다. 이제는 대장내시경 검사까지 해봐야 하는 상황이었다.

직장탈출증 증상으로 인한 진료는 소아외과에서 보았는데, 내시경 검사는 소아소화기영양과에서 담당했다. 내시경 검사도 역시 입원해서 검사해야 했다. 보통 검사 전날 입원, 검사 후 그다음 날 퇴원하는 2박 3일의 일정이다.

어김없이 아내와 서우는 입원 전에 코로나19 진단검사를 해서 음성이 나온 것을 확인하고 입원했다. 검사 전날 입원해서 장 정결제를 먹어 장을 비우고, 다음 날 내시경 검사를 했다. 다음 날까지 활력징후 상태를 보고 이상이 없으면 퇴원한다. 폴립을 떼어낸 경우라면 열이 날 수도 있으므로 퇴원을 신중하게 결정한다. 검사를 위해 입원을 하고, 장 정결제를 먹고 다음 날 내시경 검사를 했는데, 폴립이 발견되었다고 했다. 하지만, 장 정결이 잘되지 않아 제거하지 못했고, 장 정결을 제대로 하고 다음 날 폴립을 제거하고 가야 한다고 했다. 하루 더 병원에 있어야 했다. 하루만 더 있게 되어 다행이었다. 소아 내시경의 경우는 소아 내시경 전담 의사가 있어 검사 일정을 잡기가 무척 어렵다. 다행히 다음 날 검사 일정을 잡을 수 있어서 우리는 하루만 더 있으면 되었다. 일정이 안 잡히면 며칠을 더 입원하면서 대기해야 하고, 그것도 아니라면 퇴원하고 가능한 일정을 다시 잡아 재입원을 해야 할 정도로 검사 예약 잡기가 힘들다.

그렇게 서우는 2021년 8월 일단 S자 결장에 대하여 내시경을 시행했고, 한 개의 폴립이 발견되어 제거했다. 이제 해결이 되었다고 생각했다. 폴립을 제거한 뒤에는 변비가 지속되어도 더 이상 직장탈출증은 없었고, 혈변이 나오는 일도 없었다. 이제 대변을 볼 때마다 튀어나왔던 직장을 멸균 장갑을 끼고 밀어 넣어줄 필요가 없었다.

그렇게 몇 달을 별일 없이 지냈는데, 채혈 검사 결과 빈혈이 계속되었다. 혈색소(Hb) 수치가 계속 낮게 나왔다. 이 수치는 출혈이 있거나 폴립이 있을 때 떨어진다고 한다. 철분제를 계속 복용하는 상황인데도 수치가 정상보다 조금 낮게 나왔다. S자 결장에 대해서만 내시경 검사를 했기 때문에 대장 전체의 내시경 검사가 필요하다고 했다.

'아~ 끝난 게 아니었구나. 끝이 아니었구나. 끝이 없구나.'

역시 간단히 끝나는 게 없는 서우의 몸이었다. '건강'이라는 두 글자가 이렇게 가슴에 와닿는 단어일 줄은 몰랐다. 남들이 아무 생각 없이 건네는 "별일 없지?", "딸내미는 건강하고?"라는 인사가 이렇게까지 신경 쓰이는 인사일 줄 몰랐다. "별일 없지?"라고 물어보면 "별일 없어."라고 말하곤 했지만 내 마음이 편하지 못했다. "별일 없어."라고 웃어넘기지만, 별일이 많았다. 그렇다고 시시콜콜 이야기를 풀어놓는 것도 힘들었다. 왠지 신세 한탄을 하는 것 같기도 했다. 서우의 이야기를 하지 않는 것도 불편했고, 이야기를 꺼내는 것도 불편했다. 계속해서 별일이 생겼고, 검사와 진료를 반복해야 했다.

서우가 생후 29개월이던 2022년 7월, 대장 전체에 대하여 내시경 검사를 하게 되었다. 역시 검사 전날 입원하고, 검사를 하고 나서 다음 날 퇴원하는 일정이다. 어른들도 힘든 내시경 검사를 몇 개월 만에 다시 하게 되었다. 장 정결제 먹기가 너무 힘든가 보다. 계속 토하고 나서는 약을 먹으려 하지 않는다고 했다. 서우도 힘들지만, 보호자로 병원에 같이 간 아내도 무척 힘들어했다. 어른들도 먹기 힘든 장 정결제를 아직 아기인 서우가 잘 먹을 리 없었다. 토가 나올 것 같아도 참아야 하는데, 아기가 그걸 어떻게 참을 수 있을까? 먹는 족족 토해냈고, 그럴수록 약은 계속 추가되었다. 급기야 콧줄을 끼고 투약하기로 했다. 입으로 먹는 것보다는 거부감이 덜하긴 했지만, 그래도 몇 번씩 토했다. 겨우겨우 약을 먹고 장을 비울 차례인데, 아내 말에 의하면 끊임없이 쏟아낸다고 한다.

"오빠, 정말 정말 많이 싸. 밤새도록 기저귀 갈아야 해. 기저귀 갈아주는데 손목이 아프고, 여기저기 튀고 장난 아니야. 옷도 많이 가져가야 한다고."

하룻밤의 전쟁 같은 상황을 설명해 주는데, 평소에 좀처럼 흥분하지 않고 조곤조곤 얘기하는 아내가 설명할 때 목소리가 점점 커지는 것을 보니 정말 힘이 들었을 거란 생각이 들었다.

검사 날 아침이 되어 검사실로 갔다. 병실에서 검사실까지는 이송 요원이 이동을 도와준다. 서우가 많이 울 때는 아기 침대 위에 아내가 앉아 서우를 안고 이동하기도 하고, 서우만 침대에 눕고 아내는 걸어서 검사실로 이동할 때도 있다. 검사실로 가서 진정 치료를 시작하고, 검사를 하게 된다. 항상 검사든 수술이든 서우가 엄마·아빠 없이 혼자 있을 때면 불안하고 걱정된다. 코로나19 대유행 이후로 보호자 한 명만 진료 구역에 들어갈 수 있도록 제한을 해놓은 상태라 나는 검사 당일에 병원에 오긴 했지만, 아내도 볼 수 없었고, 서우도 만날 수 없었다. 병원 로비나 지하 아케이드에서 대기할 수밖에 없었다. 어차피 내가 할 수 있는 건 아무것도 없었지만, 걱정되어서 휴가를 하루 내고 병원에 있었다. 아내에게 전화가 왔다. 검사가 끝나고 병실로 돌아갔는데, 검사를 제대로 못 했다고 했다.

"장 청소가 제대로 안 돼서 검사를 다시 해야 한대."

"언제 하는데? 바로 할 수 있대?"

"아니, 몰라. 일단 일정 확인하고 다시 알려준다는데, 소아 내시경 전담 의사가 검사해야 하는데 일정이 안 되면 다음 주에 할 수도 있대."

"아…. 어떻게 하냐…."

"서우가 약 먹기 너무 힘들어서, 어제도 많이 토했어. 그래서 장 청소가 완전히 안 되었었나 봐."

검사는 바로 잡히지 않았다. 그다음 주에 다시 검사해야 했고, 검사 전까지 서우는 금식을 해야 했다. 약을 더먹고, 장 정결을 제대로 하고 검사를 했다. 검사 결과, 여러 개의 폴립이 발견되었고, 두 개는 제거했다고 했다. 그런데 제거할 수 없는 작은 폴립들이 여러 개 남아 있다고 했다. 생각보다 많은 양의 폴립이었다. 작은 폴립들은 4개월 후, 다시 내시경 검사를 해보고 그때 떼어낼 수 있을 정도로 커지면 떼어내기로 했고, 폴립이 생기는 것이 유전자적으로 상관관계가 있는지 의학유전학과 진료를 병행했다. 유전자 검사를 할 때부터 의학유전학과 진료를 계속 보고 있었는데, 유전자 검사 시 폴립 발생 억제 유전자가 없다고 했었다.

'올 것이 오고 말았구나…' 속으로 말하면서 큰 한숨을 내쉬었다. 유전자 미세결실 부위에 PTEN이나 BMPR1A 등의 유전자는 종양이 발생하는 것을 억제해 주는 유전자인데, 서우는 그 유전자들이 없는 상태이다. 그 결실 부위로 인해 생길 수 있는 질병이 장에 폴립이 발생하는 징후를 보이는 '연소성 폴립 증후군(Juvenile Polyposis Syndrome)', '카우덴 증후군(Cowden Syndrome)', 'PTEN 과오종 증후군(PTEN Hamatorma Tumor Syndrome)' 등이다. 이 중 대표적 질환인 PTEN 과오종 증후군 진단을 받았고, 이는 산정 특례 대상이라서 산정 특례 등록을 했다. 태어나자마자 선천성심장병으로 산정 특례 등록을 했었는데, 이번에는 PTEN 과오종 증후군으로 산정 특례 등록을 했다. 우리나라는 국민건강보험제도가 잘되어 있어서 희귀질환이나 염색체 이상으로 생기는 질환의 경우는 이렇게 산정 특례 제도를 통해서 대부분의 진료비를 정부에서 부담하고 환자가 부담하는 진료비는 전체 진료비의 10% 정도이다. 희귀

질환에 대한 지원이 꽤 많은 편이었다. 서우가 엄마 배 속에 있을 때 가입해 놓은 보험도 있었고, 산정 특례 제도를 통한 정부지원도 있어 진료비용에 대한 부담감은 생각보다 덜했지만, 그래도 아프지 않았으면 했다.

'저렇게 폴립이 많은데, 혹시나 여태까지 배가 많이 아팠던 것은 아닐까?'

'말도 못 하는 아기가 아파도 말 못 하고 참아낸 것은 아닐까?'

'혹시 발견하지 못한 폴립이 자라 암이 되지는 않을까?'

서우에 대한 이런저런 걱정은 끝이 없었다. 마음이 계속 심란했다. 두 번의 심장 수술을 통해 심장 구조를 정상적으로 만들 수 있었고, 두 번의 구개열 수술을 통해 입안의 구조도 바로 잡았다. 힘들고, 어려운 숙제를 마무리했다고 생각했다. 하지만, 오지 않길 바랐던 더 어려운 숙제가 우리에게 주어졌다는 생각이 들었다.

공격적 발생 징후

　대장내시경 검사를 한 지 4개월 후, 2022년 11월에 다시 내시경 검사를 하게 되었다. 서우가 병원에서 힘들어 할 것을 알기에 입원 전날의 아내는 신경이 날카로워졌다. 전쟁 아닌 전쟁을 치르기 전날 밤은 그야말로 고요하다. 아내는 말없이 입원 짐을 싸기 시작한다. 여행 캐리어에 서우 짐과 아내 짐이 꽉 찬다. 그것도 모자라 큰 더플백에 나머지 짐들을 차곡차곡 싼다. 이제는 입원 짐 싸기는 선수급이다. 검사를 할 때마다 입원해야 했기에 그동안 지겹도록 입원 짐을 싸고, 풀고를 반복했다. 코로나19 진단검사도 이젠 일상처럼 느껴졌다. 어김없이 코로나19 진단검사를 했고, 음성이 나왔다.

　서우가 점점 크면서 몸무게도 많이 나가서 이젠 안기에도 무겁다. 아내 말에 따르면 서우가 병동에 들어가기만 하면 태도가 달라진다고 했다. 병원에서는 침대에 눕거나 앉아 있기보다는 엄마 품에 안겨 있기를 원해서 아내가 항상 서우를 안고 있어야 한다고 했다. 서우가 점점 크면서 몸무게도 늘어 내가 안기에도 버거운데, 엄마한테 매달려 있다고 했다. 엄마 품에서 떨어지지 않으려고 해서 병원에 있을 때는 나와 영상통화도 제대로 못 할 정도이다. 검사와 수술을 위해 입원을 자주 했었고, 그럴 때마다 생긴 그런 트라우마가 서우를 괴롭혔다.

　내시경 검사를 위한 입원이 제일 힘들다. 서우가 장 정결제 먹는 것을 힘들어하는데, 검사를 위해서는 먹어야하기 때문이다. 약을 먹는 서우도 힘들고, 약을 먹이는 아내도 힘들어했다. 어른도 먹기 힘든 약을 이 작은 아이가 먹어야 한다. 생각만 해도 내가 구역질이 날 것 같은 기분이다. 장 정결제를 먹고 대변을 쏟아내고, 금식해서 힘없이 축 처져 있는 아이를 보는 아내도 힘들 것이다. 이런저런 걱정으로 입원 전날 밤의 아내는 심란하고, 잠을 잘 이루지 못한다. 그런 아내를 보는 나도 심란하다.

서우가 알아들을지 모르겠지만 입원 전날에 서우에게 말해주었다.

"서우야. 내일 검사 잘 받고 와. 서우가 더 건강하게 자랄 수 있도록 검사를 하는 거니까, 조금만 참아줘. 퇴원하면 아빠가 맛있는 거 많이 사줄게. 아이스크림 사줄게."

아이스크림 얘기에 서우의 귀가 쫑긋해지면서 눈이 동그래진다. 아이스크림을 좋아하는 서우는 아이스크림이라는 얘기에 좋아하는 눈치다.

아내도 서우에게 말했다.

"서우야. 이번에도 엄마랑 잘해보자. 서우가 막 움직이면 더 아플 수 있어. 엄마가 옆에 있을 거니까 엄마 믿고 잘해보자. 미안해. 아가."

입원 당일, 짐이 한가득 들어 있는 캐리어와 유모차를 끌고 입원수속을 했다. 전쟁의 시작이 얼마 남지 않았다. 진료 구역 내로 들어가는 입구에서 아내와 서우에게 인사를 했다. 서우는 아직 무엇 때문에 병원에 왔는지 모르는 눈치이고, 아내는 곧 시작될 전쟁이 두려운 표정이다.

"서우야! 엄마 힘들게 하지 말고, 검사 잘 받고 와! 서우가 더 건강해지려고 검사하는 거야!"

서우에게 당부 아닌 당부를 하고, 아내와 서우에게 작별 인사를 했다. 아내와 서우가 엘리베이터를 탈 때까지 발길이 잘 안 떨어졌다.

'서우엄마! 서우! 힘내!'

나는 의료 구역 내로 들어갈 수도 없어 먼발치에서 엘리베이터를 타고 올라가는 아내와 서우에게 손을 흔들면서 속으로 다시 한번 짧은 인사를 하고 돌아섰다.

정상 컨디션이어도 검사받기가 힘든데, 서우가 며칠 전부터 열감기를 앓고 있었다. 입원을 미뤄야 하나 생각했지만, 입원 전날은 다행히 열이 조금 떨어졌다. 아직 콧물을 흘리고 기침을 하고 있었는데, 일단 열은 떨어져서 입원하기로 했다. 다시 열이 오르지는 않을까 싶어서 걱정되었는데, 결국 입원하고 나서 혈관 라인을 잡고, 검사에 필요한 준비를 하는 와중에 많이 보챘다고 했다. 그러면서 열이 다시 올라 결국 해열제를 맞으면서 열이 떨어지길 기다렸다. 결국은 열이 떨어져서 검사를 했지만, 아내는 다음부터는 열이 나면 입원을 미루어야겠다고 했다. 서우가 너무 힘들어했다고 했다.

"오빠. 다음번에는 열이 나면 입원하지 말아야겠어. 서우가 너무 힘들어해."

"그래. 열이 나면 입원 미루자. 다시 일정 잡기가 쉽지 않겠지만, 서우가 힘들어하니까."

열이 있는 상태에서의 입원은 불가능하다. 서우는 다행
히 입원 시에는 열이 없었는데, 컨디션이 좋지 않다 보니
입원 중에 열이 오른 것 같다. 그래도 다음부터는 열이 완
전히 떨어지고 좋은 컨디션으로 입원해야겠다고 생각했다.

이번에는 검사를 한 번에 끝냈다. 장 청소가 잘되었는지
재검사 얘기는 없었다. 이번 검사에서도 몇 개의 폴립을 떼
어냈다. 검사를 위해 입원했을 때는 검사 결과에 대해서 자
세하게 설명을 해주지 않는다. 초음파 검사도 그랬듯이, 모
든 검사 날은 검사만 하고 그 결과를 바로 말해주지 않는
다. 다음 외래진료에서 설명을 해준다. 담당 교수가 회진을
돌 때도 있고, 전공의가 와서 간단히 설명해 줄 때도 있다.

"폴립을 몇 개 떼어냈고, 조직검사를 해볼 예정이에요. 한
달 정도 후에 외래진료 일정을 잡아드릴 테니, 그때 오세요."

병원은 언제나 답답했다. 가타부타 설명을 잘 해주지 않
았다. 궁금한 것을 물어봐도 지켜봐야 알 것 같다는 대답
뿐이었다. 정말 지켜보는 것밖에는 할 수 없어서인지 답답
한 마음은 병원 홈페이지에서 의무기록 사본을 발급받아
채웠다. 온통 영어로 된 그것도 약어로 써 있는 의학 용어
투성이라서 인터넷 검색을 통해서 해석을 해나갔다. 검사

결과지가 포함되어 있어 어느 부분에 폴립을 떼어냈는지도 알 수 있었다. 물론 앞으로 어떻게 될 것인지 미래를 알 수 없었지만, 어떤 검사와 어떤 치료를 했고 어떤 진단을 했는지는 알 수 있어서 의무기록 사본으로 그나마 가려운 곳을 어느 정도 긁어줄 수 있었다.

검사 결과는 의무기록 사본을 통해서 확인했지만, 검사 결과에 따른 해석은 의사의 몫이었다. 퇴원하고 한 달 후에 외래진료를 보았다. 서우의 폴립 발생 속도가 공격적이라는 얘기를 들었다.

"폴립을 몇 개 떼어냈어요. 이러한 폴립의 대부분은 악성이 아니라 양성으로 암하고는 달라요. 물론 폴립이 커지면 암으로 발전할 가능성은 있지만요. 조직검사 결과도 양성으로 나왔어요. 양성이라도 폴립의 크기가 크면 떼어내야 해요. 그리고 원래 폴립이 이렇게 빠르게 생기지는 않는데, 조금 공격적으로 생기네요. 4개월에 한 번씩 내시경 검사를 해봐야 할 것 같아요."

"아, 그럼 4개월 후에 다시 검사를 해야 하나요?"

"네, 폴립 생기는 양상에 따라서 시기를 조절해야 하는데, 검사하러 왔다가 계속 심해져서 집에 못 가는 경우도 드물게 있어요."

"…."

"용종이 계속 빠르게 생기는 경우라면 대장을 잘라내야
할 수도 있어요."

"대장을 자르면 대장 역할은 어떻게 하는 거예요?"

"대장이 없으면 소장이 대장의 일을 해요. 소장이 대장
역할을 하는 거예요."

"아~"

'공격적'이라는 단어가 뇌리에 박히고, "대장을 잘라낼
수도 있다."라는 말이 가슴에 '콕' 하고 박혔다. 그날 외래
진료에서 담당 교수가 한 말이 아직도 머릿속에 각인되어
있다. 집에 못 갈 수도 있다는 얘기는 계속 입원해 있어야
한다는 것이다. 대장을 잘라내야 할 수도 있다고 아무렇지
않게 얘기했다. 물론 드물다고 했고, 심할 경우라고 했지만
진료를 마치고 나온 뒤에 나는 한동안 움직일 수 없었다.

'어떡하지? 대장을 잘라내야 하면 어떡하지?'

확실하지도 않은 미래를 걱정하고 있었다. 그런데 걱정
할 수밖에 없었다. 건강한 날들이 계속되기를 간절히 기도
하고 바랐는데, 오늘 담당 교수는 나에게 최악의 경우를
얘기했다. 그것이 오지 않게 해달라는 기도 뒤에, 만약 정
말 오면 어떡하지? 하는 걱정이 뒤따랐다.

의사는 항상 통계를 통한 모든 가능성을 환자 또는 보호자에게 얘기해야 하고, 그 불확실성은 환자를 불안하게 한다. 아직 앞으로의 일은 누구도 알 수 없는 노릇이니까 좋아질 수도 있고, 더 나빠질 수도 있겠지만, 자꾸만 신경이 쓰였다.

'얼마나 빠르길래 공격적으로 발생한다고 표현을 한 것일까?'

'집에 못 갈 수도 있다고? 모든 가능성에 관해서 얘기한다고 쳐도 담당 교수가 그런 얘기를 너무 편하게 얘기하는 거 아냐?'

'대장을 자른다고? 대장을 자른다는 얘기를 그렇게 쉽게 얘기할 수 있는 거야?'

내 마음이 답답해서였는지 단순히 가능성에 대해 얘기한 담당 교수를 괜히 원망했고, 그에 따른 걱정의 무게가 조금 더 무거워졌다. 한숨이 더 깊어졌고, 가슴은 더 답답해졌다. 4개월 후에 또 내시경을 해야 하고, 또 검사 결과가 나올 때까지 가슴 졸여야 했다. 그리고 그 후에도 계속 대장내시경으로 확인해야 했고, 그런 과정들을 앞으로도 계속 반복해야 했다. 앞으로 다가올 일들이 두렵게 느껴지는 외래진료였다.

안심할 수 없어

　대장내시경 검사 후 4개월이 지난 2023년 4월, 세 번째 대장내시경 검사 날이 찾아왔다. 4개월이라는 시간은 그렇게 길지 않았지만, 그 시간 동안 서우는 많이 자라서 호불호가 강해졌다. 점점 하기 싫은 것은 죽어도 안 하는 미운 4살이 되었다. 입원해서 장 정결제를 먹어야 하는데, 서우가 얼마나 싫어할지 얼마나 난리를 칠지 입원하기 며칠 전부터 아내의 걱정이 이만저만이 아니었다. 이번에도 보호자로 아내가 같이 입원했다. 입원할 때마다 아내가 힘들어하는 기색이 역력해서 이번에는 내가 보호자로 들어간다고 했다. 하지만, 내가 못 미더운지, 아내가 입원하겠다고 했다. 아무래도 본인이 같이 있어야 마음이 편해서인 것 같다.

평소와 같이 검사 전날 입원했다. 서우는 입원하는 순간 어김없이 엄마 품을 벗어나지 않는다고 했다. 병동에 들어가자마자 엄마가 짐 정리도 하지 못하게 엄마에게 안아달라고 떼를 쓴다고 했다. 아주 어릴 적 서우는 병원에서 기저귀만 갈아도 자기한테 무슨 짓을 하는 줄 알고, 질색하며 울음을 터뜨렸다. 병원에서는 기저귀를 갈아주기도 어려웠다. 침대에 등을 대기만 해도 오뚝이처럼 벌떡 일어나려고 했다. 병원 침대에 대한 트라우마가 컸던 모양이다.

그런데, 병원 로비를 걷는 것은 무척이나 좋아했다. 병원 진료가 있는 날이면 항상 신관에서 동관으로 서관까지 걸어갔다가 와야 했다. 병원 로비 한쪽에 마련된 갤러리에서 그림을 보는 것도 좋아하고, 연못에 있는 물고기도 좋아하고, 화분에 있는 꽃도 좋아했다. 서우에게 병원 로비나 복도는 병원이 아니라 놀이터였다. 유독 등을 대고 눕는 공간에서는 반사적으로 거부하는 모습을 보여주는 것과는 대조적이었다.

저녁 식사는 거르고 장 정결을 시작했는데 약을 먹고 계속 토했다고 했다. 계속 토하고, 울면서 엄마 품에서 떨어지질 않는다고 했다. 게다가 먹기 싫은 약을 계속 먹이니 울고불고 보채다가 열까지 올라서 결국 해열제를 맞았고, 콧줄을 끼우고 약을 넣어주었다. 입원할 때마다 열 때문에 고생했다. 열이 내려가지 않으면 검사를 하지 못하기 때문에, 신경이 쓰였다. 결국 해열제를 맞고 열이 떨어져서 다행이었다.

대장내시경 검사로 입원하면 환자, 보호자 둘 다 정말 바쁘다. 장 정결제 먹어야 하고, 장을 비워내면 치워야 하고 정신이 없다. 정신없는 와중이지만, 서우가 어떻게 지내고 있는지 궁금했다. 아내에게 문자를 슬쩍 보내보았다. 답이 없었다. '정신없구나….' 영상통화를 하고 싶었지만, 늦은 저녁 시간이고 6인실이라 다른 환자들에게 방해가 될까 봐 참았다. 잠시 후에 답장이 왔다. 콧줄을 끼우고 약을 먹고 있는데 계속 토해서 걱정이라고 했다. 장 정결제는 콧줄을 끼우고 약을 넣어도 토하기 때문에 아주 조금씩 천천히 약을 넣는 중이라고 했다. 약을 먹고 몇 시간 후에는 대변을 아주 시원하게 쏟아낼 것이고, 치우고 닦고를 계속 반복해야 해서 평소에 손목이 좋지 않은 아내가 걱정되었다. 다음 검사 때는 내가 보호자로 입원해야겠다고 생각했다.

결국 아침까지 대변을 쏟아냈지만, 장 정결이 제대로 되지 않았는지, 관장약을 한 번 더 항문에 넣었다고 한다. 그런데 그조차도 소용없었나 보다. 장 정결이 제대로 되지 않아 검사를 오후로 미뤘다. 장 정결제를 먹고 물도 많이 먹어주어야 하는데, 약 먹기도 바쁘니 물 먹을 시간도 없고 먹으려 하지도 않아서 장 정결이 제대로 될 리가 없었다. 우여곡절 끝에 내시경 검사가 끝났다는 문자가 왔다.

'이번 내시경 검사 결과는 어떨까?'

'더 많이 생겼을까?'

'지난 검사 결과를 들었을 때, '공격적'으로 폴립이 생긴다고 했는데, 이번에는 또 몇 개나 더 생겼을까?'

궁금한 마음에 외래진료 전에 의무기록 사본을 발급받아 검사 결과를 확인했다. 몇 개의 폴립을 떼어냈다는 것을 확인할 수 있었다. 검사를 담당한 의사 말대로 장 청소가 덜 된 것도 확인이 되었다. 검사 당일 내시경 사진 말고는 확인할 수 있는 것이 별로 없다. 결과에 대한 해석은 외래진료에서 알 수 있기 때문에, 외래진료 날을 기다렸다.

외래진료 날이 와서 병원에 갔다. 검사가 있고 난 후에 있는 외래진료는 항상 떨린다. 지난번 검사 때 "공격적으로 발생한다."고 해서 더 떨렸다. 깊은 한숨을 내쉬며 진료실에 들어갔는데 '공격적'이라고 했던 지난 진료와는 다르게 폴립이 더 많이 생기지는 않았고, 지난번과 비슷한 상황이라고 했다. 4개월마다 한 번씩 검사할 필요는 없어 보인다고 했고, 6개월 후에 다시 한번 검사해 보자고 했다. 정말 다행이었다.

"지난번에는 폴립 발생이 조금 빨리 되는 것처럼 보였는데, 다행히 생각했던 것보다는 빨리 진행이 되지는 않네요."

"그럼, 지난번에 검사했던 정도의 폴립이 있는 건가요?"

"네 몇 개 더 생긴 것 같지만, 아주 많은 개수가 생긴 건 아닌 것 같고요. 6개월 후에 검사해도 되겠습니다."

"아 네. 그럼 4개월마다 안 해도 되는 거고 6개월마다 하면 되나요?"

"네 일단은 6개월 후에 검사를 해보고, 상황이 달라지면 4개월로 당길 수도 있고요. 더 좋아지면 1년에 한 번씩 할 수도 있고요. 최소 1년에 한 번은 해야 할 겁니다."

"네. 알겠습니다."

'공격적'이라는 단어와 '대장을 잘라낸다.'라는 말이 4개월 내내 신경이 쓰였다. '혹시나 폴립이 말도 못 하게 많이 생겼으면 어떻게 하지?'라는 생각도 들었다. 그런데 더 심해지지 않았다고 하고 이제는 6개월에 한 번씩 검사를 해보자고 하니 나도 모르게 입가에 미소가 지어졌고, 옅은 한숨이 나도 모르게 나왔다.

"휴~"

그렇다고 내시경 검사를 하지 않아도 된다는 것은 아니다. 일단 지금은 최소 6개월에 한 번씩은 검사해야 하고, 조금 더 증상이 나아져도 최소 1년에 한 번씩은 해야 한다고 했다.

고작 지금 36개월을 조금 넘어선 나이인데 S자 결장 내시경을 포함해서 네 번째 내시경 검사를 끝냈다. 물론 그나마 다행이라고 생각한다. 우리가 만약 유전자 검사를 하지 않았더라면 예측할 수 없는 상황들에 더 당황했을 것으로 생각했다. 언제 터질지 모르는 시한폭탄 같은 것이지만, 그나마 미리 가능성에 대해서는 인지하고 있었으니 그 충격은 덜했다.

주기적인 검사가 너무 힘들지만, 더 건강하게 살아가기 위한 필수적인 과정이라 생각하기로 했다. 그나마 더 악화가 되지 않았다는 말에 한숨 돌렸다. 아직 끝난 것이 아니고, 끝낼 수 없는 숙제지만 이번 숙제는 까다롭고 어려운 숙제가 아니었다는 것에 감사하고, 또 남은 숙제를 기다렸다.

언제 '공격적'으로 변할지 모른다. '공격적'이 되지 않을 수도 있다. 그 증상의 정도는 아무도 알 수 없다. 그래서 검사할 때마다 가슴을 졸인다. 담당 교수가 대장절제에 대한 얘기를 했을 때부터 나는 서우도 나중에 대장절제를 할 수도 있다고 생각했다. 그런 날이 오지 않기를 간절히 바라고 있지만, 가능성도 없지 않기 때문에 '마음의 준비'를 나도 모르게 하고 있었다. 유전자 검사 결과 발생할 수 있는 질병이나 증상들이 있다는 것을 이미 알고 있었고, 서우에게 곧 나타날 수도 있다는 생각은 항상 하고 있었다. 하지만, 증상 발현이 안 되면 그만이었고, 제발 나타나지 말라고 기도도 많이 했다. 어쩔 수 없이 올 수밖에 없다면 최대한 늦게 오라고 부탁했다. '제발 늦게 와줘. 우리 서우 힘들지 않게 해줘. 부탁이야!' 오지 않으면 좋겠지만, 만약 꼭 와야 한다면 최대한 늦게 오기를 바라면서 오늘도 일상을 보낸다.

일상과 망각, 그리고 자각

　일상을 지내다 보면 망각하게 된다. 별다른 외적 증상이 없어서 아내와 내가 보기에도, 남들이 보기에도 서우는 건강해 보인다. 그냥 일상을 지낸다. 일을 하고, 퇴근해서는 서우와 놀아주고, 잠을 자고, 휴일이면 근교에 나들이도 가고, 시간이 허락된다면 짧게라도 여행을 다니면서 일상을 보낸다. 그러다 보니 망각하게 된다. 서우가 6개월마다 한 번씩 대장내시경을 해야 한다는 것도 잊어버리게 된다. 지금도 대장에 폴립이 여러 개 남아 있다는 것도 잊어버리게 된다.

　그러던 어느 날, 서우가 대변을 보고 나서 직장이 다시 조금 나왔다. 다시 직장탈출증이 생긴 것이다. 느낌이 좋지 않았다.

'또 생긴 걸까? 직장에 폴립이 생겨서 직장이 튀어나오는 걸까?'

마침 외래진료가 있어서, 담당 교수에게 얘기했다.

"교수님, 서우가 대변을 보고 나서 또 직장이 조금 나오기 시작했어요."

"혹시 사진 찍어놓은 거 있으세요?"

"아…. 사진은 못 찍었고, 아주 조금 나와요. 서우 손톱 정도의 크기만큼이요."

"곧 대장내시경 검사가 있으니까, 그때까지는 지켜봐야 할 것 같아요. 또 나오면 살짝 밀어 넣어주세요. 혈변을 보거나, 피가 많이 묻어나온다고 하면 연락해 주시고요."

"네."

예전보다는 조금 튀어나왔지만, 아무래도 나오는 횟수가 잦다 보니 걱정이 되었다. 곧 대장내시경을 하니까, 기다려 보기로 했다.

2023년 10월이 되었다. 대장내시경 검사 날이 다가왔다. 대장내시경 검사는 네 번째, S자 결장 내시경 검사까지 포함하면 다섯 번째 내시경 검사였다. 이번에는 내가 보호자로 들어가기로 했다. 코로나19 감염증 진단검사는 안 해도 된다. 이제는 확진자가 많이 생기지는 않아서 정부의 제한 조치가 조금 완화되었다. 그래도 병동 출입은 제한적이다. 여전히 보호자 한 명만 들어갈 수 있다.

입원하는 날 입원 준비를 해서, 병원에 갔다. 서우는 병원 로비를 걷는 것을 좋아한다. 몇 시간 뒤에 일어날 일을 모른 채, 여기저기 돌아다니기 바쁘고, 로비의 작은 연못에 있는 물고기들을 따라다니느라 정신이 없다. 병동에 들어가기 전과 후가 마치 천국과 지옥과 같다. 로비에서는 여기가 내 세상인 양 여기저기 휘젓고 다니다가, 병동으로 가는 엘리베이터를 타고 병실에 들어가는 순간 표정이 굳고, 움직임도 적어진다.

입원 절차를 밟는데, 30분을 넘게 기다린 것 같다. 입원 예약 할 때 항상 2인실을 예약한다. 6인실, 그것도 가운데 자리로 배정을 받으면 좁고 불편해서 2인실로 주로 예약한다. 그러나 2인실 자리가 잘 나지 않아 보통 2인실로 예약을 해도 6인실로 배정된다. 6인실이라도 창가나 복도 쪽 자리라면 그나마 괜찮은데 가운데 자리는 여간 불편한 게 아니다. 양쪽 환자나 보호자들이 신경 쓰이기도 하고 자리도 좁다. '가운데 자리만 아니어라.' 하지만, 역시나 가운데 자리다.

서우를 일단 침대에 앉혀놓고, 짐을 풀었다. 아직 서우에게는 혈압을 재러 오지도 않았고, 주삿바늘도 찔러넣지 않아서 서우의 기분은 아직 괜찮았다. 서우가 좋아하는 뽀로로 영상을 틀어주고, 나는 짐을 정리하기 시작했다. 짐 정리를 마치고, 어젯밤 아내가 말한 대로 오늘 밤 치를 전쟁 준비를 했다. 대변과의 전쟁….

"오빠! 위생실 옆에 키랑 몸무게 재는 곳이 있거든, 거기에 보면 위생포라고 해야 하나? 얇은 부직포 같은 게 있어. 일단 그걸 몇 장 챙겨놓고, 침대보 작은 것을 몇 장 챙겨와."

"그걸로 뭐 하는 건데?"

"장 정결제 먹으면 대변을 정말 미친 듯이 쏟아내, 침대보에 다 묻고, 흐르고 장난 아니야."

"아…. 그럼 그걸 침대에 깔아놓으라고?"

"응. 위생포를 깔고, 침대보를 위에 깔아. 그걸 몇 겹씩 깔아놓고, 기저귀 갈 때마다 한 겹씩 걷어내는 식으로 해야 해!"

"아…. 기저귀 갈 때 깔아놓은 것을 한 겹씩 치우라고?"

"응. 그래야 편해."

아내는 그동안 노하우가 쌓인듯했다. 처음에는 대변이 물처럼 나와서 아내와 서우가 변을 다 뒤집어썼다고 했다.

아내와 서우의 옷뿐만 아니라 침대보도 다 버려져서 혼쭐이 났다고 했다. 그래서 아마도 이런 방법을 생각해 낸 것 같다.

아내의 말대로 5겹의 침대보를 위생포와 번갈아 깔아놓고, 드디어 장 정결제를 먹어야 하는 시간이 왔다. 지난번에 입으로 먹고 많이 토해서 이번에는 아예 콧줄로 약을 넣어달라고 요청했다. 500mL의 물에 타서 몇 번씩 먹어야 했다. 약이 최대한 천천히 들어가게 해달라고 했다.

"선생님. 서우가 지난번에 약을 먹고 많이 토해서요. 콧줄로 넣어주세요. 그리고 약이 좀 천천히 들어가게 해주세요."

"아…. 입으로 시도 안 하시고 바로 콧줄로 넣을까요?"

"네."

"그런데 너무 천천히 들어가면 약이 효과가 없어요. 빨리 먹어야 정결 효과가 있는데, 너무 천천히 들어가면 안 돼요."

"네. 그래도 서우가 너무 토해서, 토하면 또 그만큼 더 먹어야 하잖아요."

"네. 일단 천천히 넣어볼게요."

약은 천천히 들어가게 한다고 했지만, 생각보다 빨리 들어갔다. 첫 번째 통이 다 들어가고 나서 두 번째 통을 달았을 때 서우가 약을 토해냈다. 약이 역하긴 한가 보다. 하긴 나도 장 정결제를 먹기 싫어서 대장내시경 검사를 꺼리는데, 서우라고 뭐 다르겠나? 생각했다. 아이라서 더 힘들 것이다. 어른들은 싫어도 참아내긴 하는데, 아이들은 몸의 반응이 반사적으로 표현되기 때문에 토가 나온다는 느낌이 들 때 참을 수 없을 것 같긴 하다. 참는다는 것이 무엇인지도 모르는 4살짜리 아이에게는 너무 힘든 일이었다.

서우는 결국 장 정결제를 다 먹고, 새벽이 되어서야 대변을 쏟아내기 시작했다. 정말 아내의 말대로 엄청나게 쏟아냈다. 그런데 아침까지 묽은 변이 나오질 않았다. 아침에 간호사가 와서 확인했다.

"서우 묽은 변 나왔어요?"

"아니요. 아직 변이 다 안 나온 것 같아요."

"어쩌죠? 검사 시간이 다 되었는데…. 일단 관장 한 번 하고 검사실로 갈게요."

"장이 다 비워진 것 같지 않은데, 검사실로 일단 가야 하는 거죠?"

"네. 오늘 검사가 오후까지 꽉 차서 검사 시간을 미룰 수가 없어요. 일단 검사 시간이 되면 검사실로 가셔야 해요."

장 정결이 잘되지 않아 관장약을 넣었다. 그런데 관장약을 넣었는데도 반응을 안 한다. 다 나온 건가? 의아했다. 장 청소가 제대로 된 것 같지 않았지만, 검사 시간을 미룰 수는 없어 일단 어쩔 수 없이 검사실로 갔고, 진정제를 투여했다. 진정제는 서우의 몸무게를 고려해 최소 용량으로 투여했다. 좀처럼 잠이 들지 않는다. 오히려 더 난리를 치며 보챘다. 검사실이라는 것을 아는 것 같았다.

검사실 선생님 둘이 서우를 잡았고, 나도 도왔다. 방금 들어간 용량만큼 진정제를 한 번 더 투여했다. 그런데 잠이 들지 않고, 계속 보챘다. 진정제를 무작정 많이 쓸 수 없으므로, 이렇게 잠이 들지 않아 검사하지 못한다면 전신마취를 할 수밖에 없다고 했다. 그런데 전신마취는 마취과에 일정을 조율해야 하고, 소아 담당마취과에서 전담하기 때문에 일정 잡기가 여간 힘든 것이 아니라고 했다. 두 번째 진정제를 투여하고 나서 몇 분이 지나자 졸린 기색이 보였다.

"아버님은 나가계시겠어요? 서우가 잘 것 같으니까 검사 완료되면 알려드릴게요."

"아. 네."

검사실 밖으로 나와 벤치에 앉아 있었다. 그런데 검사를 시작한 지 얼마 되지 않아 서우의 울음소리가 들렸다. '깼

나?', '깼다.'

"서우 아버님. 들어오세요."

"네."

"서우가 검사를 하다가 깨서 검사를 못 끝냈어요. 내시
경은 움직이면 위험해서 아이들은 잠에서 깨면 위험해요."

"그럼 검사를 다시 해야 하나요?"

"네 다음 검사 때는 전신마취를 하고 진행해야 할 것 같
아요."

"전신마취요?"

"네. 저 정도의 진정제로 잠이 안 들면 전신마취 해야 해
요. 진정제를 너무 많이 주면 위험하거든요. 그런데, 전신마
취는 지금 예약해도 2~3개월 걸릴 수 있어요. 전신마취 일
정이 잡히면 그때 다시 입원하고 검사해야 할 것 같아요."

"2~3개월이나 걸려요?"

"전신마취도 소아 마취 전담의가 있어서 일정 잡기가 너
무 어려워요."

"네. 그럼 오늘은 폴립 떼어낸 것은 없나요?"

"오늘 검사에서 하나를 떼어내긴 했는데, 다른 것들은
장 정결이 제대로 안 돼서 잘 안 보여요. 다음 검사 때 다
시 봐야 할 것 같아요. 일단, 전신마취 일정을 최대한 빨리

잡아야 하는데, 12월 말에 예약이 가능한지 알아보고 따로 알려드릴게요."

"12월 말에 검사를 다시 해야 하는 거죠?"

"네. 마취 일정을 보고 말씀드려야 할 것 같은데, 일단 오늘 제대로 검사가 안 돼서 12월 말에 일정 잡아보고 말씀드릴게요."

어느 하나 쉽게 끝나는 것이 없었다. 검사할 때마다 장 정결이 제대로 되지 않거나, 진정제가 안 듣는다거나 하는 일이 생겼고 재검사를 해야 했다. 다음에는 전신마취를 하자는 얘기까지 나왔다. 다시 무거운 마음으로 축 처진 어깨로 병실로 돌아왔다.

일단 검사는 끝났으니, 오늘 저녁에는 밥을 먹을 수 있는지 물어보았다.

"선생님. 오늘 저녁부터는 밥 먹을 수 있어요?"

"아 네. 아버님. 일단 폴립을 하나 제거한 상태라서 점심까지는 물만 주시고요. 저녁부터 흰죽 나갈 거예요."

다행이다. 저녁부터는 밥을 먹을 수 있다고 했다. 죽을 먹으면 배고플 것 같아서 서우를 데리고 병원 지하에 있는 아케이드로 갔다. 서우가 좋아하는 머핀을 몇 개 사고, 서우가 좋아하는 바다 동물 스티커도 사주었다. 간단한 쇼핑을 마치고 돌아오니, 곧 저녁 식사가 나왔다. 어제 아침을 먹고 여태 못 먹었으니, 네 끼를 굶었다. 배가 고팠는지 허겁지겁 혼자 잘 퍼먹었다.

'너 혼자서도 잘 먹는 아이였구나.'

먹여주지 않아도 혼자서 잘 먹었다. 배가 아주 고프거나, 맛있는 음식은 혼자서 잘 먹는다. 게 눈 감추듯 밥을 순식간에 먹어 치우고, 빵으로 눈을 돌렸다. 빵을 좋아하는 '빵순이'지만, 조금 떼어먹더니 빵을 내려놓았다. 밥을 먹고 난 후라서 그랬는지, 아니면 빵이 맛이 없었는지 머핀을 보고 신나서 사달라고 할 때와는 달리 별로 관심은 없었다.

이번 검사는 생각보다 많이 보채지 않고, 생각보다 힘들지 않게 끝났다. 그동안 서우가 좀 더 커서 그런 것인지, 엄마랑 있을 때 더 어리광을 부리는 건지는 잘 모르겠지만, 아내가 힘들었다고 했던 것에 비하면 괜찮은 2박 3일이었다.

2달 후에 전신마취 일정이 잡혀서 입원 예약을 하고 퇴원해야 했다. 그러고는 퇴원 한 달 후에 외래진료가 있었다. 검사로 입원했을 때는 담당 교수가 학회 참석 중이라 서우의 검사 결과를 뒤늦게 확인했다고 했다.

"제가 그날 학회 참석 중이라, 나중에 검사 결과를 봤는데, 2달 후에 검사를 다시 할 만큼의 상태는 아닌 것 같아요. 원래대로 6개월에 한 번씩 해도 될 것 같습니다."

"아. 네. 그럼, 12월에는 안 해도 되는 거예요?"

"네. 내년 4월에 뵙겠습니다."

평소 보호자의 눈을 잘 마주치지 않고 PC 모니터만 보고 말하던 담당 교수가 모니터에 검사 결과와 나를 번갈아 쳐다보며 말했다. 그 말이 어찌나 고마운지. 내 입가에 어느덧 미소가 번졌다. 2달 만에 또 내시경 검사를 해야 한다니 걱정도 되었고 점점 증상이 더 심해져서 더 '공격적'이 되면 어떻게 하나 했는데, 그나마 다행이었다. 호전은 아니지만, 악화도 아니니 그것만 해도 참 다행이었다.

학교에서 오늘 숙제가 없다고 들은 초등학생처럼 신이 났다. 돌아오는 길에 병원에 가면 항상 들르는 서점에서 서우가 고른 캐릭터 스티커를 하나 사주었고, 병원 근처 중국 요릿집에 들러 서우가 좋아하는 짜장면을 먹었다. 외래 진료가 있는 날에는 주로 짜장면을 먹는다. 병원에서 힘든 검사 받느라, 진료 보느라 고생한 서우에게 주는 아빠의 선물이었다.

문득 어릴 적에 병원을 갔다 오면 항상 들렀던 통만둣집이 생각났다. 어머니는 주사 맞기를 싫어하는 내게 "주사 맞으면 만두 사줄게." 하면서 나를 설득했고, 나는 설득에 항상 넘어갔다. 그때만 해도 감기에 걸리면 병원에서는 의례 엉덩이 주사를 맞았고, 사람들은 그렇게 해야 빨리 낮는다고 생각했다. 아직도 어르신들이 많은 지역에서는 엉덩이 주사를 놓는다고 한다. 주사를 맞아야 감기가 낫는다고 믿는 사람들이 아직 많아서 그렇다고 한다.

엉덩이 주사는 진통소염제, 항히스타민제, 진해거담제, 항생제 정도인데, 모두 우리가 먹는 약과 다를 것이 없다. 그래서 요즘은 엉덩이 주사를 놓아주는 병원이 흔치 않지만, 1980, 90년대만 해도 감기에 걸려서 병원에 가면 무조건 엉덩이 주사를 맞았다.

주사를 맞고 나면 간호사 누나는 내가 맞은 주사기를 내 작은 손에 쥐여주었다. 의료폐기물을 아이에게 주다니 지금은 상상도 할 수 없는 일이었지만, 그 당시만 해도 그런 일이 많았다. 그 주사기를 들고 만둣집에서 갓 쪄낸 통만두 한 판과 잘 삶아 찬물로 헹구어 낸 시원한 메밀국수를 먹는 것이 병원에 가서 주사를 맞고 온 것에 대한 보상 아닌 보상인 셈이었다. 그 기억이 얼마 되지 않은 것 같은데 벌써 30년 이상이 지났고, 나는 내 아이를 데리고 병원에 다니면서 내 아이에게 캐릭터 스티커와 짜장면으로 보상을 해주고 있다.

Ⅳ

천천히 걸어가자

피할 수 없어
다가온 코로나19

　서우가 태어날 무렵 시작된 코로나19 감염증 유행이 꽤 오래 지속되었다. 2022년 3월 결국 하루 확진자가 20만 명을 넘어서는 지경에 이르렀다. 내가 다니는 회사 직원들도 한 명씩 코로나19 감염증에 걸리기 시작했다. 같은 사무실에서 걸리면 밀접 접촉자로 분류되어 즉시 진단검사를 받아야 했다. 음성이 나오는 것이 확인되어야 출근을 할 수 있었다. 감염증에 걸리면 정부 지침에 따라 2주간 자가격리를 해야만 했다. 2주 동안은 집 밖에 나와서도 안 되고, 집에만 있어야 했다. 많은 직원들이 코로나19에 감염되어 자가격리를 하거나 가족이 감염되어 밀접접촉자로 분류되어 재택근무를 해서 사무실에 나와 근무하는 직원들이 몇 명 없을 정도로 감염증 확산이 심했다.

그러던, 어느 날 퇴근하고 평소와 같이 서우를 목욕시키고, 놀아주고, 재웠다. 여느 때와 똑같은 컨디션이었는데, 밤에 자려고 누우니 온몸이 누구한테 흠씬 두들겨 맞은 것처럼 쑤시고 아팠다. 환절기라서 몸살감기가 찾아온 줄 알았다. 밤새 끙끙 앓고 나서 아침이 되었는데, 몸살 기운은 그대로인 데다가 침도 삼키지 못할 정도로 목 통증이 너무 심했다. 도저히 출근할 수 있는 상태가 아니었다. 감기에 걸려도 좀처럼 병원에 가는 일은 없었는데, 병원을 가봐야겠다고 생각했다.

병원으로 향하기 전에 집에 있던 코로나19 자가진단키트가 있어 혹시나 하는 마음에 확인해 보았다. 자가진단키트는 콧구멍에 면봉을 넣어 10회 정도 돌려가며 검체를 채취하고, 검체 추출 용액에 넣고 저어준 다음 키트에 용액을 떨구어 준다. 한 줄이면 음성, 두 줄이면 양성이다. 혹시나 해서 검사를 했는데, 두 줄이 나왔다. 코로나19 감염증에 걸려버렸다. 자가진단키트는 말 그대로 자가진단을 하는 것이고, 가까운 병원에 가서 다시 검사해서 양성이 나오면 그제야 확진자로 분류되고 2주간의 자가격리가 시작된다. 병원으로 가서 다시 진단검사 했고, 역시나 양성이어서 확진자 판정을 받았다. 코로나19 감염증은 정부에서 관리하고 있어서 진료비나 약제비는 모두 공짜였다. 진료를 보고, 약을 받아서 집으로 왔다.

이제부터 어떻게 해야 할지 걱정이었다. 아직 아내와 서우는 별다른 증상이 없었는데, 내가 계속 집에 있으면 아내와 서우에게 감염증을 옮길 수 있다고 생각했다. 감염자 자가격리를 위한 숙박시설이 있다고 해서 알아보았는데, 당장 들어갈 수 있는 곳은 없었다. 일단 먼저 출근한 아내에게 알렸다.

"나 코로나19에 걸린 것 같아."

"어? 정말? 자가진단키트 해봤어?"

"어. 아침에 일어났는데, 으슬으슬 춥고, 열이 나길래 진단키트 했더니 두 줄이 나왔어. 병원 가서 다시 검사했더니 확진이래."

"아. 서우는 괜찮고?"

"응. 서우는 증상 없는 것 같긴 한데. 자기는 어때?"

"나도 별다른 증상은 없어. 괜찮아."

"그럼 됐어. 일단 지낼 곳을 좀 찾아볼게."

"양주에 가 있으면 안 되나? 내가 엄마한테 전화해 볼게."

몇 분 후에 장모님 전화가 왔다.

"박 서방. 코로나 확진되었다면서?"

"네. 몸살처럼 아프더니 확진이래요."

"여기 아빠 작업실에 와 있어. 난방도 돼서 따뜻할 거야. 이불 깔아놨으니 와서 쉬어."

"아. 네. 그럼 준비해서 갈게요, 어머니."

처가에 창고가 하나 있었다. 장인어른이 주로 그림을 그리시는 곳이었는데, 일단은 아내와 서우를 피해서 처가에 있는 장인어른 작업실로 가기로 하고, 간단한 짐만 챙겨서 집을 나섰다. 난방도 되고, 욕실도 있고, 주방도 있어 웬만한 생활은 다 할 수 있었다. 그렇게 2주 동안의 격리 생활이 시작되었다.

그 당시에는 확진자와 동거하는 가족 등 밀접 접촉자인 경우에도 2주 동안의 자가격리를 해야 했다. 아내는 집에서 서우와 함께 지내고, 나는 처가로 피신했다. 증상은 생각보다 심했다. 하루하루 지날수록 목이 너무 아파서 목소리도 안 나올 지경이었다. 일반적인 목감기와는 차원이 달랐다. 침만 삼켜도 목이 찢어지는 듯한 고통을 느껴서 침을 삼키는 것, 물을 먹는 것 모두가 다 너무 힘들었다. 코로나19 바이러스가 계속 변이를 일으키고 있었는데, 이번에 유행하는 변이 바이러스는 목이 심하게 아프다고 했다. 2주 동안의 자가격리 내내 목이 심하게 아팠고, 자가격리가 끝나고도 일주일이 넘도록 목 통증이 계속되었다.

그렇게 격리 생활을 하는 동안 다행히 아내와 서우는 무사했다. 지독한 바이러스가 나한테만 왔다 가서 천만다행이었다. 서우는 심장 수술을 마쳤지만, 심장약을 계속 먹고 있었고, 남다른 관리가 필요했다. 그런데, 서우가 괜찮다니 다행이었다. 아내도 다행히 코로나19 감염을 피해 가서 다행이었다. 그렇게 2주간의 격리 생활이 끝나고, 집으로 복귀했다.

4개월 후, 2022년 7월이 되었다. 아내가 갑자기 몸살감기 기운이 있다고 했다.

"오빠. 나 몸살이 좀 온 것 같아. 좀 누워 있을게."

"응. 약은 안 먹어도 돼? 열은 안 나고?"

"열이 좀 있는 것 같긴 한데…."

"코로나 아니야? 진단키트 해볼까?"

아내의 이마를 만져보니, 뜨겁게 열이 났다. 열을 재보니 38도가 넘었다. 우리는 진단키트를 해보기로 했다,

"열나네. 진단키트 해보자."

"지난번에 몸살 비슷하게 왔을 때도 음성이었잖아."

"그래도 한번 해보자. 열이 나는데."

코로나19가 유행하면서 우리는 몸살 기운이 조금이라도 느껴지면 바로 진단키트를 해보았다. 그럴 때마다 거의 음성이 나왔지만, 이번에는 자가진단검사가 양성이었다. 아내는 지하철로 출퇴근해서 항상 걱정이었다. 서울의 출퇴근길 지하철은 정말 지옥 그 자체였기 때문에 항상 감염의 위험이 도사리고 있었다. 아내의 회사에도 역시 확진자가 많이 나오고 있었고, 급기야 아내도 코로나19 감염증에 걸려버린 것이다.

아내도 역시 2주간의 자가격리를 해야 했다. 아내를 처가에 혼자 보낼 수는 없어서 일단 안방을 아내가 쓰기로 하고, 나와 서우는 거실에서 지냈다. 아내가 안방에서 자가격리를 하는 동안 서우가 엄마를 찾으면 어떻게 하나 걱정했지만, 생각보다 서우는 잘 지냈다. 그리고 아내의 상태는 생각보다는 괜찮았다. 목이 너무 아팠던 나와는 달리 초반에 몸살 기운이 있었고, 몸살 기운이 사라지고 나서는 별다른 증상은 없었다. 같은 감염증이라도 걸리는 사람마다 증상들은 달랐다. 심한 사람도 있었고, 덜 심한 사람도 있었다. 심지어 무증상 감염도 있다고 했다. 무증상 감염은 본인이 감염된지도 모르고 넘어가는 수도 있다고 했다.

나도 밀접 접촉자이기 때문에 자가격리를 해야만 했다. 본인이 확진자일 경우에는 회사에서 공가를 주지만, 밀접 접촉자는 재택근무를 해야 했다. 회사에서는 얼마 전부터 모든 시스템을 클라우드 시스템으로 변경해서 외부에서도 클라우드 PC로 접속할 수 있는 시스템을 구축하였다. 서우도 어린이집에 갈 수 없어서 집에 있어야만 했고, 나는 재택근무를 해야 했기 때문에 근무 시간 동안은 장모님이 오셔서 서우를 봐주셨다. 자가격리 동안 집에는 확진자인 아내, 밀접 접촉자인 나와 서우, 서우를 봐주시는 장모님 이렇게 네 명이 한집에서 지내게 되었다.

자가격리 기간에는 외출할 수 없었는데, 어린이집에서 친구들과 노는 것을 좋아하고, 산책을 좋아하는 서우가 밖에도 못 나가고 답답해하는 모습이 보였다. 서우가 평소 좋아하던 직소 퍼즐을 하고, 그림책도 보고, 소꿉놀이도 하면서 하루 종일 집에서 시간을 보낼 수밖에 없었다. 엄마·아빠가 집에 다 있는 상황인데, 엄마·아빠와 놀 수 없었다. 하지만 우려와는 달리 엄마·아빠를 찾지 않고 잘 놀고 있었다. 2주간의 격리가 끝나고 정상적인 생활로 돌아갔고, 이번에도 서우에게는 감염증을 옮기지 않고 바이러스가 떠나갔다.

그렇게 서우가 코로나19 감염증에 걸리지 않고 지나가는 줄 알았지만, 드디어 올 것이 왔다. 서우가 다니는 어린이집에서도 서우 친구들이 하나둘씩 감염증에 걸렸었고, 서우도 결국 아내가 감염증에 걸린 지 5개월 후인 2022년 12월에 감염증에 걸리고 말았다. 아내와 나는 역시 밀접접촉자였기 때문에 2주간의 자가격리 생활을 해야만 했고, 재택근무를 해야 했다. 아내와 내가 둘 다 재택근무를 하면서 서우를 돌볼 수 없었기 때문에, 재택근무와 휴가를 번갈아 사용하면서 서우를 돌보았다.

서우는 초반에 고열로 고생했다. 38도를 넘어 39도까지 열이 올라서 해열제를 먹고, 이마에 냉각 시트를 붙이고, 옷을 벗겨놓았다. 며칠 동안 고열이 지속되었고, 먹는 것도 잘 먹지 못했다. 아직 말을 하지 못해서 어디가 얼마나 아픈지 알 수 없는 상황이었다. 밥을 제대로 못 먹는 것을 보니 목이 아픈 것 같기도 하고, 아니면 열이 계속 나서 입맛이 없을 수도 있었다. 그래도 노는 것은 잘 놀았다. 열이 나는데도 불구하고, 기력이 없어 처지거나 하는 모습은 없었다. 잘 노니 다행이었지만 열이 나서 걱정이었는데, 해열제 효과가 나타났는지 며칠 후에 열이 떨어졌고 밥도 잘 먹었다. 아이들은 회복이 빠르다고 하더니 열이 떨어지면서 금방 컨디션을 회복했다. 언제 코로나19 감염증에 걸렸나 할 정도로 쌩쌩한 모습을 보였다. 다행이었다. 서우는 영유아인 데다가, 심장 수술까지 해서 고위험군 중에서도 고위험군이었다. 영유아나 고령자는 코로나19 감염이 되었을 때 치사율이 높았다. 실제로 응급상황까지 갔던 확진자들도 많고, 면역력이 낮은 고령자는 목숨을 잃는 경우도 많았다. 서우는 며칠 간의 고열 말고는 다른 심각한 증상은 없어서 다행이었다.

결국 세 식구가 차례대로 코로나19 감염증에 걸렸다. 보통은 식구 중의 한 명이 걸리면 연쇄적으로 감염되어 자가격리 기간이 한 달을 훌쩍 넘는 상황도 많이 벌어졌다고 한다. 본인이 걸려서 자가격리가 끝날때 쯤 다른 식구가 걸려버리면 4주간의 격리를 하게 되고, 또 누군가 걸리면 2주가 연장되는 식으로 자가격리 기간이 길어지는 상황들이 꽤 많이 나타났다. 우리는 몇 개월의 시간차를 두고 차례로 걸렸다. 지금 생각해 보면 한 번에 셋 다 감염되어서 한 번만 고생하는 게 나을 수도 있겠다는 생각이 들기도 한다. 그래도 아내와 서우 모두 심하게 아프지 않고 바이러스가 지나가서 그것만 해도 다행이었다.

그렇게 코로나19 바이러스가 우리 가족을 휩쓸고 지나

가고, 하루 발생하는 확진자도 줄어들 무렵 다시 나에게 바이러스가 찾아왔다. 2023년 7월이었다. 아침에 일어나자, 몸살 기운을 느꼈다. 느낌이 이상했다. 엄청난 근육통을 동반한 몸살이었다. 마치 전날 스쿼트를 천 개 이상 한 것 같이 허벅지며 엉덩이 부위가 걸을 수도 없을 정도로 아팠다. '아! 또 코로나19가 왔나?' 서둘러 자가진단키트를 찾아 콧속을 후볐다. 습관처럼 자가진단검사를 했다. 한 줄일까? 두 줄일까? 두 줄이었다. 또 찾아왔다. 감염되고 나서 시간이 지나면 재감염이 된 사람도 많다고 하는데, 내가 재감염되었다.

확진자가 줄어들고 있어서 자가격리는 이제 더 이상 의무가 아니었고, 권고사항이었다. 권고사항이었지만, 그래도 혹시나 서우에게 바이러스가 옮겨갈까 봐 작은방에 들어가 집 안에서 자가격리를 시작했다. 재감염이라 그런 건지, 바이러스 종류가 달라서 그런 건지 이번에는 증상이 별로 없었다. 온몸을 두들겨 맞은듯한 근육통은 하루 이틀 새 없어졌고, 목도 아프지 않았다. 열도 나지 않았고, 심지어 콧물도 없었다. 무증상에 가까웠다. 하루에 한 번씩 자가진단키트를 했으나, 계속 두 줄이 나왔다. 증상은 없었지만, 바이러스가 아직 내 몸에 있었다.

두 번씩이나 걸리다니, 내 면역력에 문제가 있나 생각했다. 30대 중반에 스트레스를 많이 받아서 그런지 갑상샘저하증이라는 병을 얻었다. 병원에서는 스트레스 등으로 면역 체계가 무너져서 그럴 수도 있다고 했다. 번아웃이 아닌가 싶을 정도로 스트레스가 심했고, 담배도 엄청나게 피워 댔다. 그렇게 스트레스를 온몸으로 받아내고 얻은 병이 갑상샘저하증이다.

다행히 나는 술이 약해서 술로 스트레스를 푸는 일은 없었다. 술이 약하기도 하지만 기분이 좋지 않거나 스트레스를 받을 때는 술을 마시지 않는 편이었다. 술은 감정을 올려주는 역할이 아니라, 감정을 내려주는 역할을 한다고 한다. 술을 마실 때는 도파민이 분비되어 잠시 기분이 좋아지는데, 술이 깨면 도파민은 급격하게 낮아져서 우울증을 일으키기도 한다고 한다. 나는 술이 잘 받지 않는 체질일뿐더러 도파민이 떨어지는 속도가 남들보다 빠른지 술을 마시면 괴롭고 우울해지는 경우가 많았다. 술은 사회생활을 유지하기 위한 어쩔 수 없는 도구였을 뿐이었다. 그래서 술로 스트레스를 푸는 일은 없었다. 술까지 먹었다면 몸이 더 망가졌을 수도 있었는데, 술을 많이 못 마시는 것이 오히려 다행이라고 생각했다.

갑상샘 기능검사를 했는데, 면역기능 약화로 호르몬 분비에 이상이 생긴 것이라 했다. 그때부터 10년째 약을 복용 중인데, 건강보조식품을 따로 챙겨 먹지는 않았지만, 면역기능을 유지하려고 운동도 꾸준히 하는 편이었다. 가끔 찾아오는 편두통을 제외하고는 그래도 아픈 곳 없이 건강함을 유지하고 있었는데, 코로나19 감염증에 두 번이나 걸렸다.

서우가 태어나고 나서부터는 내가 아픈 것도 미안했다. 내가 아프면 아내가 고생이었다. 서우는 갓난아기 때부터 다른 아기들과 달리 챙겨야 할 것이 많았다. 약도 많이 먹어야 했고, 두 번째 심장 수술을 하기 전까지는 심박 수나 산소포화도를 잴 수 있는 모니터링 센서를 손가락에 붙이고 있어야만 했고, 응급상황이 생길 수도 있었다. 서우를 돌보는 것이 일반적인 아기들과 달라서 내 몸이 아픈 것도 허락되지 않았다. 그 와중에 코로나19 감염증에 두 번이나 걸려버리다니, 아내와 서우에게 미안했다.

'아프지 말자.'

'아파서 미안해!'

여행의 기쁨

서우 심장의 구멍을 막지 못할 수도 있다고 했을 때였다. 아내와 나는 살아가는 것이 아니라 걱정으로 하루하루를 버티기만 했었다. 내 심장이라도 떼어 주고 싶은 마음이었다. 게다가 염색체 미세결실이 있다니 그야말로 시한폭탄을 안고 사는 기분이었다. 언제 어떤 문제가 나올지 모르는 너무 불안한 하루하루였다. 그때 아내가 울면서 얘기했던 말이 생각난다.

"친구들의 SNS를 봤는데, 아이들을 데리고 같이 캠핑하러 갔더라고… 아이들이 건강한 게 너무 부럽기도 하고…. 서우도 나중에 저렇게 놀러 갈 수 있을까?"

건강한 아이들을 키우는 친구들의 모습에 힘들어하는 아내의 모습이 너무 안쓰러웠고, 이러한 시련이 마치 내 탓인 것처럼 죄책감이 더해졌다. 그래서인지 나는 아내의 말에 아무 말도 할 수 없었다. 아내와 내가 하는 걱정의 그 깊이는 알 수 없어도 같은 걱정을 하고 있는 것이 분명했기 때문에 나도 뭐라고 대꾸할 수가 없었다. 물론 너무 앞선 걱정이었을 수도 있다. 하지만, 긍정적일 수도 있고, 부정적일 수도 있는 가능성에 내 마음은 갈피를 잡지 못하고, 힘들었다.

'서우도 건강해질 거야. 건강해지면 우리도 좋은 데로 여행 많이 다니자.'

'자꾸 안 좋은 생각만 하지 말자. 좋은 생각을 해야 서우도 좋아지지.'

이렇게 말하고 싶었지만, 아무 말 없이 그냥 안아주었다. 그걸로 대답을 대신했다.

우리는 서우의 두 번째 심장 수술을 마친 후에야 비로소 마음이 편해졌다. 엄마 배 속에 있을 때부터 두 돌이 지나 두 번의 심장 수술이 끝날 때까지 아내와 나는 정신적으로 온전한 상태가 아니었다. 결과적으로 서우의 심장 수술이 잘되었고, 우려할 만한 점들이 소소하게 남아 있긴 하지만 특별한 문제는 없었다.

돌이켜 생각해 보면 괜한 걱정이었나? 너무 비관적으로만 생각했나? 라는 생각이 들기도 하지만 그때의 우리는 너무나도 절박한 상황이었다. 세상이 무너지는 줄로만 알았으니, 제정신을 차릴 수 없었다. 숨이 멎을 것만 같이 답답한 마음이었고, 눈물로 밤을 지새우는 일도 많았다. 그러다 수술이 잘되었다는 말을 들었을 때는 하늘로 날아갈 것 같이 마음이 가벼워졌다. 무엇이든 할 수 있을 것 같았다. 가슴이 뻥 뚫린 것처럼 시원한 느낌이 들었다. 물론 대장에 생기는 폴립으로 적어도 1년에 한두 번씩 해야 하는 대장내시경 검사가 기다리고 있었지만, 심장 수술이라는 큰 숙제 하나를 끝냈다는 안도감이 컸다.

이제는 우리도 여행이라는 것을 가보고 싶었다. 하지만, 한동안은 여행을 가려 해도 갈 수 없었다. 코로나19가 몇 년 동안 우리를 괴롭혔다. 사람들의 만남을 제한했고, 여행도 할 수 없었다. 해외여행은 철저히 제한되었고, 국내여행은 집합금지조치 속에서 우리 세 식구만 가는 것만 가능했다. 코로나19 확산 차단을 위해 집합금지조치를 단계별로 시행하여 5인 이상 집합금지일 때도 있었고, 3인 이상 집합금지일 때도 있었다. 워낙 코로나19 확진자가 많이 나오고 있어 감염 걱정이 있었지만, 우리 세 식구만 이동하는 것은 언제든지 가능하긴 했다.

서우가 두 돌이 되던 해인 2022년 4월, 3박 4일 동안 제주도에 가기로 했다. 서우의 두 번째 심장 수술을 끝낸 상태라서 정말 마음 편하게 여행을 떠날 수 있었다. 그런데, 제주도로 가기 2주 전 내가 코로나19에 감염되어 버렸다. 몸살 기운과 열은 며칠 사이 없어졌지만, 목 통증이 굉장히 심했다. 그래도 2주 동안의 자가격리가 끝난 이후 제주도로 떠나는 계획이어서 약을 꾸준히 먹고 통증이 나아지기를 기다렸다. 씻은 듯이 낫지는 않았지만, 다행히 목 통증은 어느 정도 가라앉았다. 서우와 함께하는 첫 번째 여행이라 망치고 싶지 않았는데, 다행히 우리는 제주도로 떠날 수 있었다. 서우도 심장 수술을 마치고 튼튼한 심장으로 비행기에 올랐다.

아내와 나는 괌으로 태교 여행을 계획했었다가 서우의 심장병 소식을 듣고 태교 여행을 취소했었다. 그리고 나서 아내와 나의 마음이 안정된 후 제주도로 짧게 태교 여행을 다녀왔었다. 그렇게 서우를 배 속에 품고 온 지 3년 만에 제주도를 다시 찾았다. 우리는 배 속에 있는 서우를 데리고 태교 여행을 갔을 때 스냅사진을 찍었던 곳에서 세 식구가 다시 스냅사진을 찍기로 했다. 태교 여행을 왔을 때는 사람이 많이 없었던 곳이었는데, 어느새 명소가 되어 입장료까지 받고 있었다. 안돌오름 주변의 편백나무 숲이었는데, 어느새 '비밀의 숲'이라는 이름까지 붙여져 입장료를 내야 하는 관광지로 바뀌어 있었다. 전에 왔을 때는 사람도 별로 없어 신비한 느낌이 들었던 숲이었는데, 방문객들이 많아지니 유명한 수목원에 온 것 같은 느낌이었다. 우리만 아는 비밀 장소를 빼앗긴 기분마저 들었다. 그래도 우리는 예쁜 사진을 남기려고 이곳저곳 거닐면서 사진을 찍었다. 같은 장소에서 몇 년 전에는 배 속에 있던 서우가 이제는 엄마·아빠 손을 잡고 사진을 찍고 있는 모습을 보니 새삼 행복을 느꼈다. 길쭉이 뻗은 편백나무와 삼나무도 "만나서 반가워 서우야!" 인사를 해주는 것 같았다.

제주도를 다녀오고 나서 물놀이를 좋아하는 서우를 데리고 여름 나라로 해외여행을 한번 가보고 싶었다. 2022년 하반기부터는 코로나19 감염병의 확산세가 감소하고 해외여행 제한이 풀리기 시작했다. 코로나19 확산으로 해외여행을 할 수 없었기 때문에 그동안 파산한 항공사나 여행사들도 많다고 한다. 여행 산업이 주를 이루는 나라의 경우는 경제도 너무 힘들 것이 뻔했다. 코로나19 감염병으로 회식이 사라진 것은 정말 좋았지만, 여행을 못 가는 것과 가족들과 제대로 만나지 못하는 것은 여간 불편한 것이 아니었다. 그런데, 이제 조금씩 제한조치들이 풀리기 시작해서 우리도 이참에 해외여행을 가기로 했다. 여행을 좋아하는 아내는 그동안 많이 답답해했고, 여행을 가고 싶다는 얘기를 많이 했다.

"오빠. 비행기 타고 싶다. 우리 여행 안 간 지 얼마나 되었지?"

"홍콩이랑 마카오 갔던 게 언제지? 2019년인가?"

"그럼 4년 정도 되어가네. 뭐 서우랑 코로나19 때문에 그동안 가고 싶어도 어차피 못 갔을 테지만…."

"우리 여행갈까? 괌 갈까? 비행시간도 4시간 30분이고, 날씨도 좋고, 서우 물놀이 좋아하니까 물놀이하고 놀다가 오자."

"그럴까?"

"시간 되면 지윤이네 같이 가자고 해볼까?"

"그래 서우가 지윤 언니 잘 따르고 좋아하니까 같이 가면 좋겠다. 한번 물어봐."

내친김에 동생네 식구들과 같이 가기로 했다. 여동생이

나보다 3년 빨리 결혼해서 서우보다 3살 위인 딸, 지윤이가 있다. 어릴 적 3년 차이는 꽤 커서 둘이 노는 것이 달랐고, 소통도 잘 안되었지만, 지윤이는 서우를 예뻐하고, 서우도 지윤이를 잘 따르고, 좋아한다. 그렇게 두 가족이 괌으로 여행을 떠나기로 했다. 우리도 이렇게 여행을 갈 수 있다는 것에 기뻤다. 나는 몇 년 전 아내가 서우와 함께 여행을 하고 싶다고 얘기한 것이 마음에 걸렸던 터라 서우의 건강이 좋아지면 가장 먼저 하고자 한 것이 여행을 떠나는 것이었다. 드디어 그런 날이 우리에게도 왔구나. 가슴이 벅차올랐다. 아내와 나는 들뜬 마음으로 여행계획을 세우기 시작했다.

괌은 1년 내내 더운 날씨이고, 비행시간도 4시간 30분 정도로 비교적 짧다. 그래서 아이들을 동반한 가족여행을 많이 가는 곳이다. 괌은 아내와 내가 태교 여행을 가기로 했었던 곳이었는데, 이미 태어난 서우를 데리고 괌으로 가기로 했다.

여행은 떠나기 전 준비할 때부터 설렌다. 괌으로 가는 비행기와 호텔을 예약하고, 수영복과 튜브 등 물놀이용품을 준비했다. 출발할 날을 손꼽아 기다렸다.

괌으로 두 가족이 떠났다. 호텔은 프라이빗 비치가 있고, 중심가와 가까운 곳에 잡았다. 아이가 둘이 있어 이동을 고려해서 중심가에 있는 호텔에 예약했다. 코로나19로 여행객의 발길이 끊기다 보니 호텔이 문을 닫았었고, 태국 계열 호텔사업자가 인수해서 리모델링을 하고 오픈한 지 얼마 되지 않는 호텔이었다. 우리는 방 두 개를 연결할 수 있는 커넥팅룸을 예약했다. 방이 연결되니 음식을 먹을 때도 편했고, 아이들이 왔다 갔다 같이 놀 수 있어 좋았다.

해외여행 제한이 풀려서 한국인 여행객들이 꽤 많았다. 괌은 '서울시 구암동'이라고 할 만큼 원래 한국인 여행객이 많고, 한국 통신사 할인이 되는 곳도 많다. 한식을 호텔까지 배달해 주는 곳도 있어서 놀랐다. 배달문화가 발달한 한국이지만, 해외에서까지 한국 음식을 배달해서 먹을 줄은 몰랐다.

혹시 몰라 하루 정도는 렌터카를 빌렸다. 마트도 가야 하고, 유명한 여행코스인 남부 투어를 할 예정이었지만 아이들 둘을 데리고 가기엔 엄두가 안 나서 마트에 가서 장을 봐오고 호텔 수영장과 바닷가에서 수영을 하며 놀기로 했다. 물놀이를 싫어하는 아이들은 없는 것 같다. 지윤이, 서우 둘 다 물놀이를 너무 좋아했다. 너무 행복해하는 아이들을 보며 흐뭇해졌다.

그리고 하루는 돌고래 투어를 예약했다. 돌고래 투어는

배를 타고 바다로 나가야 하는데, 서우는 흥분상태였고, 지윤이의 컨디션은 좋지 않았다. 바람 불고, 울렁이는 배가 싫은 지윤이와 넓은 바다를 보며 신나 하는 서우의 모습은 너무 대조적이었다. 그래도 돌고래가 나타난 순간 아이들은 좋아했고, 어른들도 환호성을 질렀다.

지윤 언니와 오랫동안 같이 지내서인지, 좋아하는 물놀이를 매일 해서인지 서우는 여행 내내 웃음이 끊이지 않았다. 너무 좋았는지 흥분상태가 지속되었다. 그런 모습을 본 아내와 나도 너무 행복했다.

배 속에 있는 서우를 데리고 오려고 했었던 괌이라 언젠가는 한번 꼭 와보고 싶었던 여행지였다. 쇼핑으로 유명한 괌이지만 코로나19 감염증 대유행으로 관광객이 급격하게 감소하면서 아웃렛 매장이 텅텅 비어 있다시피 했다. 쇼핑을 그다지 좋아하지 않는 아내와 나였지만, 텅텅 빈 쇼핑몰을 보니 좀 허무하기도 했다. 코로나19 팬데믹 전에는 사람도 많고 매장도 꽉 차게 들어선 시끌시끌한 쇼핑몰이었을 텐데, 지금은 매장도 비어 있고 사람도 없는 썰렁한 쇼핑몰이었다.

물놀이를 좋아하는 서우. 괌을 다녀오고 나서 그해 여름에는 베트남 나짱에 다녀왔다. 1년 동안은 운이 좋게도 회사에서 지원하는 위탁교육 프로그램에 참여하게 되어서 시간 여유가 많았다. 시간이 허락될 때 여행을 많이 다니고 싶었다. 이번에는 우리 세 식구만 여행을 떠났다. 냐짱은 저렴하고 예쁜 리조트들이 많이 있고, 음식도 자극적이지 않아서 아이를 데리고 여행하기에 좋았다. 낮에는 물놀이를 하고, 저녁에는 시내에 나와서 맛집도 찾아다녔다. 그리고, 냐짱에는 예쁘고 좋은 리조트들이 많아서 한 군데에만 머물 수 없었다. 우리는 두 개의 리조트를 2박씩 예약하고 중간에 리조트를 한 번 옮겼다. 처음 머문 숙소는 프라이빗 비치에서 스노클링을 할 수 있는 리조트였고, 두 번째 숙소는 풀빌라였다. 둘 다 만족도는 좋았다. 두 리조트가 다른 분위기여서 새롭고 재미있었다.

베트남에서 찾아간 음식점은 대부분 향신료를 많이 쓰지 않고 한국인 입맛에 맞는 음식들이 많아서인지 서우는 베트남 음식을 정말 잘 먹었다. 정말 다행이었다. 아이를 데리고 다니면 먹을거리가 가장 고민이었다. 서우가 특별히 가리는 음식이 없고, 알레르기가 있는 것은 아니지만 아이를 데리고 다닐 때마다 가장 큰 고민거리는 먹거리였다. 맵고 짠 음식 빼면 고를 수 있는 것이 별로 없었다. 그래도 베트남 음식은 많이 매운 음식도 없었고, 음식들이

짜지 않고 맛이 있었다. 그렇게 맛있는 음식도 많이 먹었고, 서우가 좋아하는 물놀이도 많이 하고, 정말 즐거운 여행이었다.

앞으로도 시간과 돈이 허락하는 한, 서우와 함께 많은 곳을 여행하고 싶다. 어릴 적의 여행은 머리로 기억하는 것이 아니라 가슴으로 기억한다고 한다. 돈과 시간과 건강이 허락되는 한 서우의 가슴에 많은 추억을 저장해 주고 싶다.

스트레스는 일상을 떠나올 때 비행기에서 내려다보이는 바다 위에 던져버리고 우리 셋만 생각하며 지내다 보면 언제 무슨 일이 있었냐는 듯 행복한 시간으로만 가득하다.

괜찮아,
조금 늦게 가는 것뿐이야

서우는 염색체 미세결실로 인해서 재활의학과 진료를 꾸준히 받고 있다. 꾸준한 운동치료를 통해 걸을 수 있었다. 이후에 인지/작업치료를 통해 인지 능력을 키우고 있고, 걷기나 학습하기 등의 직접적 수행 능력도 중요하지만, 그에 필요한 시각, 청각, 촉각, 미각, 전정감각 등의 감각을 통합시켜 주는 감각통합치료도 하고 있다. 또, 말이 늦어 언어치료도 병행하고 있다.

서우의 발달 과정에 항상 치료가 있었다. 염색체 미세결실로 발달에 지연이 있을 수 있어 전적으로 개입이 필요하다고 했다. 필요한 시기에 자극시켜 주지 않으면 발달이 더 늦어질 수 있다고 해서 기본적으로 발달에 필요한 치료를 시작했다.

첫 번째 목표는 대근육 발달을 통한 걷기이다. 대근육과 코어근육 발달을 촉진하기 위한 운동치료였다. 서우는 뒤집기, 목 가누기, 기기, 일어서기 등 일련의 발달 과정을 병원 치료와 함께했다. 운동 발달 능력이 떨어져서 치료를 통해 힘을 길러줄 수밖에 없었다. 결국, 꾸준한 운동치료 결과로 혼자 앉기도 하고, 벽을 잡고 일어서기도 하고 18개월부터는 혼자 걸을 수 있었다. 일찌감치 치료를 시작해서인지 걱정했던 것보다는 그렇게 늦은 편은 아니었다. 처음 혼자 걸음을 떼는 순간 너무 기뻐서 집이 떠나가도록 소리를 질렀다. 몇 발자국을 걷지 못하고 넘어지고 말았지만, 서우도 혼자 걷는 자기가 신기했는지 연신 큰 소리로 웃으며 나를 향해 걸어왔다. 그렇게 첫 번째 목표인 걷기가 끝났다.

두 번째 목표는 인지 능력 발달이다. 이제는 인지/작업 치료를 통하여 인지 능력과 소근육 발달을 도모해야 한다. 인지치료는 언어치료와도 연관되어 있어 중요하다. 인지발달이 어느 정도 되어야 언어가 발달할 수 있다고 했다. 같은 그림을 찾거나, 크고 작은 것을 구분하고, 많고 적음을 이해하도록 하는 등의 여러 훈련을 한다. 그러고는 1년에 한 번 정도 발달검사인 베일리 검사를 한다. 검사 결과 서우는 운동, 인지, 언어 능력 모두 발달 지연 상태였다. 병원에서는 꾸준한 치료가 필요하다는 의견이었다.

세 번째 목표는 감각통합이다. 서우는 뚜렷한 장애가 있는 것은 아니었다. 하지만, 전체적인 발달 속도가 느리기 때문에 발달을 촉진할 수 있는 치료가 필요한 상태였다. 감각통합치료는 몸 안에서부터의 내부 감각과 주변 환경으로부터의 외부 감각을 받아들이고 그것을 조직화하고, 반응하는 것을 통해 자신을 주변 환경에 적응시키는 과정이다. 감각통합치료는 여러 가지 형태로 치료하게 된다. 보통 놀이를 통해 필요한 감각들을 어떻게 인지하고 제어하는지에 대하여 훈련한다. 넓은 시야를 가지기 위해 멀리 있는 공을 가져오기도 하고, 균형감각을 느끼기 위해 그네를 타고 빙글빙글 돌리기도 한다. 평균대 위를 걷기도 하고, 사다리를 올라가서 높은 곳에 대한 느낌도 알려주고, 구강 마사지를 통해 혀의 감각들을 자극해 주기도 한다. 정말 여러 가지 모든 감각에 대해 훈련한다.

네 번째 목표는 말하기이다. 옹알이는 시작했어도, 그것이 소리 모방을 통한 발화로 이어지지 않았다. 일반적으로

18개월이 되면 몇 개 단어를 말할 수 있고, 24개월이 되면 문장으로 말할 수 있다고 하는 발달 가이드라인이 있다. 서우는 언어를 포함한 모든 발달 과정이 다소 느렸고, 병원이나 발달센터의 도움으로 성장해 나갔다.

우리는 네 번째 목표인 '말하기'에 집중했다. 물론 모든 치료를 병행하고 있지만, '말하기'가 가장 신경이 쓰였다. 훈련을 통해서 가능한 부분인지, 자폐스펙트럼 등의 다른 문제가 있는 것은 아닌지에 대한 의문도 많았다. 행동이든 소리든 모방이 되어야 그다음에 말을 내뱉을 수 있다고 했는데, 서우는 옹알이는 하는데 행동 모방이나 소리 모방이 없었다.

"원래 말이 늦게 트이는 애들은 단어로 얘기 안 하고, 나중에 문장으로 얘기한다."

"완벽하게 하고 싶어서, 말할 줄 아는데 하지 않는 것이다."

"때 되면 다 한다."

이런 말은 나에게는 듣고 있기 힘든 말이었다. 조급해하지 말고, 기다려 주어야 한다는 것을 머리로는 알고 있었지만, 마음은 그렇지 않았다.

물론 결국 서우가 말을 할 것이라 믿고 있다. 그러나 부모들은 아이의 발달 상황을 보고 조금이라도 이상을 감지

222 —— 천천히 걸어가자

하게 되면 자꾸 신경이 쓰이기 마련이다. 우리는 서우가 염색체 미세결실을 가지고 있다는 것을 태어날 때부터 알고 있었고, 운동 능력이나 지적 능력 발달에 지연이 있을 수 있다고 알고 있었다. 가능성을 알기에 더욱 걱정될 수밖에 없었다. 그것 때문에 모든 발달 상황을 확인하고, 조기 개입을 해주었다. 병원, 발달센터, 홈 트레이닝 등 치료를 잘한다는 선생님을 찾아갔고, 순번이 밀려 기다리기도 했다.

많은 언어치료사와 상담을 했었고, 여러 곳에서 치료를 받고 있었다. 치료사마다 수업하는 방식이나 방향들이 비슷하지만 다른 경향이 있어서 고민이 되었다. 어떤 치료사는 너무 여러 곳에서 치료받으면 서우도 스트레스를 받고 치료 방향이 안 맞을 수 있어 비효율적일 수 있다고 했다. 하지만 우리는 모두 필요한 수업이라고 생각해서 그대로 유지했다. 한 치료사는 조음을 위주로 발음을 비슷하게 내는 것을 훈련시키고 있고, 한 치료사는 놀이 과정에서 서우가 소리를 뱉어내게 유도하는 방법으로 훈련하고 있고, 또 한 치료사는 시간이 지나면 발음을 내는 게 더 어려워질 수 있다고 해서 서우가 낼 수 있는 발음을 입 모양이라도 비슷하게 만들도록 훈련시켰다.

치료사 중에서 홈 트레이닝 치료사는 서우의 발음을 중

요시했다. 자연스럽게 소리를 내도록 하는 것도 중요하지만, 입을 어떻게 움직여야 소리가 나는지를 모르는 것 같다고 했다. 서우가 입을 잘 움직이려 하지도 않는다고 했다. 소리는 내지만 입은 잘 안 움직이는 게으른 소리였다.

"서우가 입을 안 움직이려고 하는 경향이 있어서 입을 움직이게 만들어 줘야 할 것 같아요. 무슨 소리든 소리를 내게 한 다음 놀아주거나 음식을 주거나 하는 연습이 필요할 것 같아요."

"네. 안 그래도 지금 집에서 소리를 내게 하는데 저희가 시키면 안 해요."

"네. 원래 아이들이 그래요. 자기에게 편한 사람이라서 더 안 할 거예요. 그래도 조금씩 시켜주세요. 그리고, 지금 발음을 비슷하게라도 안 만들어 놓으면 나중에 교정하기가 더 힘들 수 있어요. 정확한 발음은 힘들겠지만 입을 움직여서 비슷하게라도 소리 내는 연습을 서우랑 같이 해볼게요. 집에서도 거울을 보면서 연습을 하면 자기가 어떻게 움직일 때 어떤 소리가 나는지 알 수 있어서, 재미있어 할 수도 있어요. 힘드시겠지만 거울을 보고 많이 연습시켜 주세요."

"네. 알겠습니다. 선생님."

홈 트레이닝 치료사는 발음을 내는 것을 강조했다. 치료사마다 방향이 조금씩은 다르지만, 모두 필요한 치료라고 생각했다. 소리를 자연스럽게 이끌어 내는 것도 중요하고, 정확하게 소리를 내는 것도 중요했다. 소리를 내는 것이 먼저지만, 조급한 우리는 비슷하게라도 발음을 내는 것에 집착했다.

나는 우선 '네'라는 소리부터 연습하기로 했다. 엄마·아빠가 물어볼 때 '네'라고 대답하는 것부터 거울을 보며 연습시켰다. 엄마·아빠와는 좀처럼 소리를 내려고 하지 않았다. 치료사와 수업할 때는 소리도 많이 내고, 치료사가 하는 소리를 제법 비슷하게 따라 한다. 그런데, 엄마·아빠가 시키면 보란 듯이 입을 꾹 닫아버린다. 어떤 순간엔 정말 얄밉기까지 할 정도였다. 그래도 꿋꿋하게 연습을 시켰다.

"서우야! 아이스크림 먹을 거예요?"

"…."

"네? 아이스크림 먹을 거예요?"

"…."

"아이스크림 먹고 싶으면 '네' 해볼까요?"

"…."

처음엔 다정하게 시작되었다. 서우는 꿈쩍도 하지 않았

다. 가급적 다정한 목소리로 소리를 유도하려고 했지만, 꿈쩍도 하지 않는 서우의 모습에 답답함이 밀려왔다. 급기야 소리까지 지르게 되었다.

"서우야! 한 번만 해봐! 너 선생님이랑 잘하잖아!"

"…"

"아이스크림 먹고 싶어요?"

"…"

"한 번만 해보라고! '네', 선생님이랑은 잘하면서 아빠랑은 왜 안 하려고 해? '네' 해봐!"

"에…"

답답한 마음에 서우에게 소리를 지르고, 서우의 입이 조금 열렸다. 이러한 연습이 며칠 계속되었다. 서우는 커진 아빠의 목소리가 위협적이었는지 울음을 터뜨렸고, 두려웠는지 입을 벌려 "에…"라고 뱉었다. 그다음부터는 반사적으로 손을 들며 "에…"라고 대답하는 일이 많았지만, 윽박지르며 만들어 낸 소리라 내 마음이 좋지 않았다. 그다음 계획은 '아니오'였는데, 차마 이어갈 수 없었다. 강요하고, 호통을 친다고 될 일이 아니라고 생각했다. 그 이후로 '네'라는 대답은 너무 잘했고, 그 모습이 너무 귀여웠지만, 소리 지르며 만들어 낸 '네'라는 소리를 들을 때마다 서우에게 미안한 마음이 있어서 그런지 내 가슴은 조금 먹먹해졌다. 서우가 상처받을 수도 있을 거라는 생각에 너무 미안해서 한동안 서우를 끌어안고 서우에게 사과했다.

"서우야! 아빠가 미안해! 서우가 말하고 싶을 때 해도 돼! 큰소리 내서 미안해."

6개월 정도 홈 트레이닝으로 집으로 와서 수업을 하던 치료사가 지방에 언어치료센터를 시작하게 되었다고 해서 더 이상 홈 트레이닝을 이어갈 수 없었다. 홈 트레이닝을 대체할 치료사를 알아봐야만 했다. 소리를 낼 수 있도록 계속 자극을 해줘야 했고, 그런 자극은 엄마·아빠가 줄 수는 없었다. 치료사가 시키면 잘 따라 했지만, 엄마·아빠가 시키면 따라 하려고 하지 않았다.

집 근처에 최근 새로 생긴 언어치료센터가 있어 상담 예약을 하고 찾아갔다. 치료사 혼자서 운영하는 센터였는데, 치료실을 키즈 카페처럼 꾸며놓아서 서우가 들어가자마자 치료실을 좋아했다. 치료사와 상담을 진행하였는데, 몇 마디를 나눠보니 믿음이 갔다. 무엇보다 낯선 곳에 적응이 힘든 서우인데, 처음부터 이것저것 만져도 보고, 치료실에 있는 장난감과 기구들에 호기심을 보였다. 치료사가 서우에게 말을 걸었는데 쑥스러워하지만, 싫지는 않은 눈치다. 집에 돌아와 아내와 상의하고 나서, 이곳에서 치료를 받아보기로 하였다.

"오빠. 오늘 갔다 온 치료센터는 어떤 것 같아?"

"치료실을 키즈 카페처럼 꾸며놓아서 서우가 되게 좋아하더라고. 선생님도 괜찮은 것 같고…."

"그래. 그럼 거기로 하자. 나도 블로그에서 본 것 같아. 키즈 카페처럼 꾸며놓아서 아이들이 좋아할 것 같아. 선생님도 괜찮으면 한번 해보자."

"응. 언제부터 할 수 있는지 물어볼게."

첫 수업 날이었다. 부모와 분리되어 수업해야 집중도가 높아진다. 서우가 치료실을 좋아하긴 했지만, 첫 수업이라 매우 쑥스러워했다. 치료실에 손을 잡고 같이 들어갔는데, 좀처럼 아빠와 떨어지지 않는 서우를 달래서 떨어뜨려야 했다.

"서우야! 서우는 여기서 선생님이랑 공부하고, 아빠는 밖에서 기다릴게. 서우 공부 끝나면 아빠가 다시 들어올게. 약속!"

그러고 나서 나는 새끼손가락을 들이댔다. 서우가 알아

들었는지 자기의 조그만 새끼손가락을 내 새끼손가락에 걸어주었고, 나는 치료실 밖으로 나와 기다렸다. 첫 수업인데 생각보다 쉽게 분리가 되었다.

"아버님. 정말 대단하세요. 정답이에요. 정답."

"네? 뭐가요?"

"아. 처음에 분리할 때, 서우한테 얘기해 주고 분리하는 모습을, 동영상으로 찍어서 다른 부모님들한테 보여주고 싶을 정도였어요. 되게 잘하셨어요."

"아. 원래 병원이든 센터든 수업 들어갈 때 그렇게 계속 얘기해 주고, 분리했어요. 처음엔 안 떨어지려고 했는데, 지금은 그래도 분리가 잘되는 편이에요. 다른 센터나 병원에서는 뒤도 안 돌아보고 들어가요."

"네. 분리가 안 될 때 저도 참 부모님들한테 뭐라고 해야 할지 망설이는 경우가 있는데, 아이들한테 그렇게 얘기해 주고 분리하는 게 맞아요. 아이들도 준비할 시간이 필요하거든요."

다른 센터에서도 분리할 때 이렇게 해주어서 나와 서우에겐 익숙한 인사였는데, 치료사는 그게 대단하다고 생각했던 것 같다. 다른 곳에서 처음 치료를 시작할 즈음에는 서우 눈에 띄는 곳에 앉아 있어야 했다. 이따금씩 와서 안

기거나, 무릎에 앉아 있다가 가는 경우가 있었다. 치료사 말에 의하면 낯선 곳에서 놀다가도 엄마나 아빠를 찾아가는 것은 불안함 속에서 안정감을 찾기 위한 과정이라고 했다. 그렇게 낯선 곳, 낯선 환경, 낯선 사람을 경계하던 서우가 그래도 많이 나아진 모습을 보여주니, 느린 걸음이라도 좁은 보폭이라도, 한 걸음 한 걸음 내딛고 있다고 느껴졌다.

하루하루 지날수록 서우가 소리를 내는 횟수가 많아진다고 했다. 좋아지는 것이 눈으로 보이니 기분도 좋았고, 희망이 생긴 것 같다. 느리지만 발달의 과정이 차례차례 나오고 있다고 했다. 어차피 언어치료를 한번 시작했다면, 장기적으로 계속해야 한다고 생각하고 부모가 지치면 안 된다고 했다.

"혹시 자폐스펙트럼이 있는지 걱정하실 텐데. 제가 보기엔 서우의 인지 능력으로는 자폐스펙트럼이라고 보기엔 어려운 것 같아요. 인지 능력은 괜찮은 것 같아요. 수용 언어도 괜찮고. 병원에서도 다른 얘기는 없었죠?"

"네. 처음엔 그게 제일 걱정이긴 했는데, 병원에서도 별말은 없었어요."

"서우는 머리에 집중하는 것 같아요. 머리에 집중하는 아이들이 있고, 아닌 아이들이 있는데, 머리에 집중하는 아이들을 보면 대개 자기가 아는 것만 보려고 하고 아는 것만 관심 있어 해서 입으로 내뱉기까지가 어려운 경우가 많아요. 단어도 자기가 다 아는 것이라야 말할 수 있다는 거예요. 반면에 그렇지 않은 경우는 그냥 내뱉고 보거든요. 틀리든 맞든 그냥 내뱉고 보는 아이들이 있어요. 그런데 서우는 머리에 집중해서 자기가 익숙한 것, 아는 것만 취하려는 성향이라 그걸 입으로 다시 내뱉는 데까지 오래 걸릴 수 있어요."

"네. 다른 선생님들도 비슷한 얘기를 했던 것 같아요."

"그리고, 아버님. 언어치료는 장기적으로 생각해야 해요. 물론 서우가 나중에 말을 하겠지만, '나는 서우가 말을 안 해도 괜찮아.'라는 마음으로 그냥 기다리셔야 해요. 그래야 안 지쳐요. 지치면 안 돼요."

"네. 처음엔 조급했는데, 이제는 조금 느긋하게 기다려 주려고요. 서우가 선생님도 좋아하고 여기도 좋아해서 다행이에요."

언어치료를 2년 이상 받으면서 답답할 때가 많았다. 일주일에 세 번 정도의 언어치료 수업이 있는데, 과연 효과가 있는 걸까? 인지 능력이나 소통 능력이 좋아야 말이 트인 다고 하는데, 선생님들과의 관계도 좋고, 어느 정도 상호작

용도 된다. 그런데 아직 의미 있는 발화가 안 돼서 답답했다. 뭐라도 한마디 내뱉으면 좋으련만, 서우는 여전히 "엄마", "맘마" 아니면 "응응"만 할 뿐이다. "네", "아니오"라도 하면 엄마·아빠와도 소통을 조금 할 수 있을 것 같다는 생각이 들었다.

시기를 놓치면 발음을 만드는 데 오래 걸릴 수도 있다고 해서 조급한 마음이 들었다. 쉬운 모음이라도 억지로 만들어 보려고 했지만, 강압에 의해 억지로 만들 수가 없었다. 물론 집에서도 열심히 소리를 내기 위해 서우에게 말도 많이 시키고, 소리를 낼 수 있도록 유도하지만 치료사를 믿고 맡기고 기다리기로 했다. 서우가 말하고 싶을 때를 기다리면서 서우의 속도에 맞춰가기로 했다.

'서우야! 아직은 말하고 싶지 않아? 그래 서우가 말하고 싶을 때 그때 해! 그럼 그때는 우리 밤새도록 이야기 나누자!'

현실과 바람,
그 사이 어디쯤…

　서우가 만 2세가 되던 2022년 3월부터 어린이집에 다니게 되었다. 임신·육아 종합포털사이트인 '아이사랑'에 1년 전부터 가고 싶은 어린이집을 등록해 놓아야 한다. 다행히 동네에 어린이집이 많이 있어서 대기가 그렇게 길지는 않았다. 도보로 갈 수 있는 어린이집이 두 군데 있었는데, 우리가 사는 아파트 단지 내에 있는 어린이집에서 연락이 와서 서우가 다닐 수 있다고 했다. 단지 내에 있어서 서우를 데려다주기도 편했고, 집 가까이 있으니 마음도 편했다.

　아내와 나는 둘 다 직장을 다니고 있어, 장모님이 서우를 돌봐주셨다. 하루 종일 서우를 돌보는 것이 여간 힘든 일이 아니다. 그래서 어린이집을 보내기로 했지만, 아내의 걱정이 이만저만이 아니었다. 심장 수술은 끝낸 상황이라서 활동에 제약은 없었지만, 품 안에 있던 아이를 태어난 지 딱 24개월 만에 어린이집이라는 공동생활을 하는 일종의 사회생활을 시작하게 한 것이 걱정이었다. 요즘은 맞벌이하는 부부들이 많다 보니 첫돌이 지나고 바로 어린이집이 보내는 부모들도 많기는 하다. 하지만 서우는 태어나서부터 아픈 아이였기 때문에 아직 부모의 손을 떠나기에는 조금 걱정스럽고, 안쓰러운 딸내미였다.

하지만, 우려와는 달리 서우는 어린이집에 적응을 잘해나갔다. 친구들과도 잘 어울렸고, 선생님들도 잘 따른다고 했다. 점심시간 즈음이 되면 어린이집에서 아이들이 활동한 사진을 스마트폰으로 보내준다. 하루 중에 가장 기다려지는 시간이다. 사진 속 서우는 수줍어하지만 친구들과 제법 잘 어울리고, 선생님도 잘 따르는 모습이다. 매일매일 서우가 어린이집에서 지내는 모습을 사진으로 보고 흐뭇했다.

그렇게 첫 어린이집을 2년간 다녔다. 첫 어린이집은 영유아 전담으로 만 4세 이상 보육을 하지 않아서 유치원으로 가거나 다른 어린이집으로 가야만 했다. 아내와 나는 어린이집보다는 유치원에 가기를 원했다. 어린이집은 보건복지부 소관의 보육 기관이고, 유치원은 교육부 소관의 교육기관이다. 하지만 만 3세 이상 아동은 어린이집, 유치원 모두 누리과정을 따른다. 보육보다는 교육에 초점이 맞춰진다. 어린이집에서는 만 3세 이전에는 표준보육과정을 따르지만, 만 3세부터는 누리과정을 토대로 보육과 교육을 혼합하여 진행하게 된다. 그래서 어린이집과 유치원의 교육과정에서의 차이는 없다. 그래도 우리는 교육기관인 유치원에 보내고 싶었다.

하지만 서우가 아직 말이 트이지 않아서 걱정이었다. 보통 18개월부터 말하기 시작한다는데, 생후 24개월, 36개월이 넘어도 말할 생각이 없었다. 생후 24개월 정도 되었을 때 언어치료를 시작했는데, 수용 언어는 어느 정도 발달했지만, 표현 언어는 아직 서툴렀다. 서툴렀다기보다는 말로 하는 표현 언어가 전혀 나오지 않고 있었다.

행동으로 표현한다면 그것도 발달 과정 중의 하나라고 했다. 먼저 행동으로 표현하고, 그다음에 언어 표현이 나오기 때문에 작은 행동이라도 표현한다면 칭찬을 해주고, 용기를 북돋아 주라고 했다. 원하는 것이 있지만 의사를 표현하지 않다 보니 소통이 힘들었고, 수용 언어가 어느 정도 발달하긴 했지만, 배변 훈련도 힘들었다. 결국 전반적인 발달이 늦은 상황이라 유치원이든 어린이집이든 장애인 통합반으로 보낼 수밖에 없었다. 우리는 유치원 장애인 통합반에 들어가는 것이 목표였다. 유치원 배정을 받지 못하면 어린이집으로 가야 했다.

국공립 유치원의 장애인 통합반에 들어가기 위해서는 특수교육대상자로 선정되어야 한다. 보통 매년 7~8월에 각 지역 교육청 소속의 특수교육지원청에서 특수교육대상자 신청을 받는다. 아이가 가진 질병이나 질환들을 알 수 있는 진단서나 발달검사 결과지 등을 포함하여 신청서를 제출하고, 보호자와 아이가 방문하여 진단검사를 진행하고, 최종 심의를 통하여 특수교육대상자 선정을 한다. 신청부터 선정까지 약 2~3개월 정도가 소요된다.

그렇게 해서 특수교육대상자에 선정이 되면 국공립 유치원의 장애인 통합반에 들어갈 수 있으나, 이것도 그냥 들어갈 수 있는 것이 아니다. 유치원마다 장애인 통합반이 소수 정원이기 때문에 경쟁이 치열하다. 우선순위는 나이가 많은 순이다. 경쟁이 치열하므로 제 나이에 못 들어가고 대기했다가 입학하는 경우가 많다고 한다.

이렇게 유치원 장애인 통합반에서 떨어지면 국공립 어린이집 장애인 통합반에 들어가야 한다. 어린이집 장애인 통합반은 특수교육대상자가 아니어도 들어갈 수 있다. 보건복지부 소관이라 특수교육대상자로 선정되지 않아도 의사 소견, 각종 검사 결과지를 바탕으로 정원이 여유가 있다면 들어갈 수 있다.

장애인과 특수교육대상자는 다르다. 장애인이라도 특수교육대상자가 아닐 수도 있고, 장애인이 아니더라도 특수교육대상자일 수 있다. 특수교육대상자라고 해서 장애인인 것은 아니다. 장애인은 〈장애인복지법〉에 따라 장애 영역을 구분하고 있고, 보건복지부에서 등록 등 관리 업무를 맡는다. 특수교육대상자는 〈장애인 등에 대한 특수교육법〉에 따라 특수교육이 필요한 경우 특수교육대상자로 선정되고, 교육부에서 선정 등 관리 업무를 맡는다.

서우가 생후 42개월이 된 2023년 8월 특수교육대상자 신청 기간이 되었다. 신청서를 작성하고, 관련 서류를 챙겨서 신청하였고, 진단검사가 있어 서우를 데리고 특수교육지원센터에 방문하였다. 베일리 검사 결과지와 진단서를 검토하고, 추가 질문지를 작성하고, 보호자 상담을 통해 서우의 발달 상황을 확인했다. 발달 정도를 파악하는 정도

이지 특수교육대상자 선정에 대한 가부 결정은 아니라고 했다. 발달 정도를 질문지와 상담을 통해 기록하고, 선정 심의위원회 심의를 통해서 결정된다고 했다. 그런데 특수교육대상자로 선정이 되어도 정원에 여유가 있어야 장애인 통합반에 들어갈 수 있다고 했다. 우리가 사는 지역의 장애인 통합반 정원이 많이 없어서 작년, 재작년에 떨어졌던 18년생, 19년생 아이들이 아직도 대기 중이라고 했다. 아이들의 나이가 많을수록 순번이 높아서 20년생인 서우가 특수교육대상자로 선정이 되더라도 유치원 배정이 되지 않을 수 있다고 했다.

10월이 되어 결국 서우는 특수교육대상자로 선정이 되었다. 특수교육대상자 선정 통지서를 받으러 다시 특수교육지원센터로 갔다. 이름과 생년월일을 확인하고 통지서를 받았다. 장애 유형에 '지적장애'라고 적혀 있었다. 〈장애인복지법〉에 의한 장애인으로 등록된 것은 아니고, 특수교육대상자 선정 과정에서 장애 유형을 분류한 것뿐이지만 기분이 이상했다. 우리 서우가 장애인으로 분류되었다. 특수교육이 필요한 것은 맞고, 그러면 나 자신부터 인정하는 것이 옳았다. 서우는 특별한 아이였다. 아주 어린 나이에 몇 번의 큰 수술을 이겨냈고, 발달이 늦은 것은 맞았다. 단

지 조금 느릴 뿐이라고 생각했지만, 막상 '지적장애'라는 4
글자는 나를 다시 정신 차리게 했다.

'그깟 장애가 무엇이라고. 우리 서우는 느리지만 앞으로
가고 있어. 속도가 느리면 어때 앞으로만 가면 돼.' 자신을
위로하고 다그치며 다시 정신을 차렸다.

한번 특수교육대상자로 선정이 되면 의무교육인 고등학
교까지 유지가 된다고 한다. 그렇다고 반드시 특수교육을
받아야만 하는 것은 아니다. 일반 교육을 받을 수 있는 상
황이라면 일반 교육을 받아도 된다. 특수교육을 선택할 수
있는 기회가 주어지는 것이다.

집과 가까운 세 곳의 유치원에 지원했었는데, 결국 유치
원에 배정되지 못했다. 세 곳 모두 정원이 찼다고 했다. 대
기하고 있던 18년, 19년생 아이들이 있었다고 했다. 결원이
생기면 연락을 준다고 했는데, 결원 보충도 선착순은 아니
고, 결원에 대하여 다시 지원신청을 하고 우선순위대로 선
정한다고 했다. 결국, 서우보다 한 달이라도 먼저 태어난
아이가 있다면 순번이 밀릴 수 있다. 결국 결원은 없었다.

특수교육대상자로 선정되지 못할 수도 있고, 선정된다고
하더라도 유치원 배정을 못 받을 수가 있어서, 집에서 제
일 가까운 장애인 통합반을 운영하는 국공립 어린이집에

이미 입소 신청을 해놓은 상태였다. 어린이집에 서둘러 연락해서 유치원 배정을 받지 못했다고 알렸고, 다행히 정원이 한 명 남았다고 했다. 상담을 한번 하러 오라고 해서 서우를 데리고 어린이집에 갔다. 서우가 어떤 아이인지, 어떤 성향인지 알고 싶다고 했다.

어린이집 장애인 통합반은 특수교육대상자 선정 여부와 상관없이 진단서나 검사 결과지로 결정하지만, 정부의 보육료 지원을 위해서는 주민센터에 장애아 보육료 지원신청을 해야 했다. 등록된 장애아거나 특수교육대상자로 선정이 되면 장애아 보육료 지원을 받을 수 있었다. 결국은 어린이집 장애아 통합반에 들어가고 보육료 지원을 받기 위해서는 장애인 등록 또는 특수교육대상자 선정 등의 요건이 필요했다.

원장 상담 시, 서우의 발달 상태, 성향 등을 전반적으로 물어봤다. 혹시나 폭력 성향이 있는 건 아닌지 우려도 있는 것 같았다. 원장은 아마도 장애인 통합반을 운영하면서 일반반 아이들의 부모들이 신경 쓰이는 것 같았다. 원래 폭력성이 있는 아이들도 있을 것이고, 언어가 안 되는 아이들일 경우 언어가 안 되니 몸으로 먼저 의사소통을 해서 폭력성이 있다고 보일 수도 있다. 서우는 언어가 느리지만 몸으로 들이대는 성향은 아니다. 오히려 사람들을 피해 다니고, 숫기가 없어 사람들이 먼저 인사라도 하면 쥐구멍에라도 들어갈 기세로 엄마·아빠 뒤에 숨는다. 서우가 아이들에게 피해를 주는 일은 없을 것이라고 원장에게 얘기했고, 원장도 장애인 통합반 아이들의 성향이 서우와 비슷하다고 했다.

아내가 원장과 상담하는 동안 나는 서우와 함께 새로 다닐 어린이집을 구경했다. 서우는 새 어린이집을 좋아했다. 곧 자기가 다닐 곳이라는 것을 아는지 이곳저곳 둘러보며 맘에 드는 장난감이 있으면 잠깐씩 가지고 놀기도 했다. 야외 놀이터는 크지 않았지만, 아이들이 놀기에는 딱 좋았고, 서우도 좋아하는 눈치였다. 다행히 서우가 새로 다닐 어린이집에 거부감은 없었다.

2024년 2월 말 기존에 다니던 어린이집에서 수료식이 있었고, 3월에 새로운 어린이집으로 가게 되었다. 기존 어린이집 선생님들이 서우를 너무 잘 챙겨주었고, 아이들과도 잘 지냈는데, 새로운 어린이집에 적응을 빨리할 수 있을까? 생각했지만, 우려와는 달리 서우는 적응이 빨랐다. 선생님도 잘 따르고, 아이들과도 잘 어울린다고 했다. 익숙한 곳만 좋아하고, 낯익은 사람만 따르던 서우에게 그동안 많은 변화가 있었던 것 같다. 낯선 환경에 수줍어하던 서우였는데, 새로운 환경에 금방 적응하는 서우를 보니 그새 또 많이 자란 것 같아 기특했다.

어제가 될 오늘을 저장해

　서우의 모습을 많이 남겨두고 싶었다. 아이를 가진 부모는 다 그럴 것이다. 사진과 동영상을 스마트폰의 용량이 꽉 차도록 수도 없이 찍어댔다. 좀처럼 수그러들지 않는 코로나19 감염증 대유행으로 가족들 간에도 왕래가 쉽지 않았다. 집합금지 등 정부 차원의 강력한 제한조치가 이루어져서 양가 어르신들도 뵙기가 힘들었다. 그래서 서우의 모습을 동영상으로 남기고 편집해서 유튜브에 올렸다. 서우의 모습을 가족들과 공유하기 위해서였다.

　동영상은 사진보다 더 생생한 추억들을 되새김질할 수 있어서 좋았다. 그때 당시 상황들이 다시 떠오르고, 감정이 되살아나서 그 추억이 오래 지속된다. 서우의 모습을 가족들에게 보여줄 목적으로 서우의 일거수일투족을 찍어서 편집하였다. 서우의 귀엽고 예쁜 모습을 모두 카메라에 담으려는 강박까지도 생겼다.

처음에는 서우가 잠든 시간을 틈타 잠깐씩 태블릿PC로 간단히 편집해서 올리기 시작했다. 초기에 올린 영상들은 지금 보면 많이 아쉬운 수준의 마구잡이식 편집이었다. 그래도 하루하루 달라지는 서우의 모습을 남기고 싶었고, 하루라도 빨리 가족들, 지인들과 잘 자라는 서우의 모습을 보여주고 싶어서 꾸준히 찍고 편집해서 유튜브에 올렸다. 서우의 모습을 본 가족들은 금세 열혈 구독자가 되었고, 신규 영상이 업로드되는 게 기다려진다고 했다.

서우가 첫돌이 되었을 때, 코로나19로 인한 집합금지조치가 있었다. 동거하는 가족 외에는 모이지도 말라는 것이었다. 물론 코로나19 감염증의 확산 방지 조치이기 때문에 이해는 갔지만, 가족들도 만나지 못하는 것이 너무 아쉬웠다. 돌잔치도 제대로 해주지 못했다. 집에서 조촐하게 어르신들을 모시고 식사하는 것으로 서우의 첫돌 기념 잔치를 대신했다. 조촐하게나마 돌잡이도 했다. 서우는 판사 봉을 잡았다. 막대기처럼 생긴 것이 손에 잡기 편해서 그랬을까? 아무튼 서우는 판사 봉을 잡았고, 간단한 돌잡이를 마치고, 내가 직접 만든 첫돌 기념 영상을 다 같이 시청했다.

엄마 배 속에 있을 때부터 첫돌까지 약 2년간의 기록은 유쾌하게만 떠올릴 수 없는 추억이었다. 병원 생활을 빼놓고 이야기할 수 없었기에 그동안 서우가 배 속에 있을 때부터 병원에서 지낸 시간들, 그리고 퇴원해서 집에서 지낸 시간들, 지금까지 서우가 걸어온 길을 동영상으로 보여주었다. 모두가 눈시울이 붉어졌다. 첫돌을 기념해서 배경음악으로 넣었던 노래는 내가 직접 불렀다. 잘 부르지 못하는 노래지만 서우에게 꼭 들려주고 싶었던 노래다. 브라운 아이드 소울의 〈어떻게 너를 사랑하지 않을 수가 있겠어〉라는 노래다. 이 노래는 실제로 브라운 아이드 소울의 멤버인 영준이 딸을 위해 만든 노래다. 사랑하지 않을 수 없는 서우에게 첫돌을 기념하여 들려주고 싶어 퇴근길에 차에서 불러 녹음했다. 부끄럽지만 딸을 위해 부른다고 생각하니 용기가 났다.

그렇게 하나하나 기록하기 시작한 유튜브에 아직도 서우의 모습을 카메라로 남기고 편집해서 올리는 작업을 쉬지 않고 있다. 이제는 일상이 되어버린 영상편집이다. 가족들도 서우의 모습을 보는 것을 좋아하고, 이렇게 영상을 남겨놓으면 언제든 예전의 모습들을 찾아볼 수 있어서 좋았다. 사진도 찍어놓고, 인화를 해놓지 않으면 잘 보지 않듯이 영상도 마찬가지이다. 그냥 찍어만 놓으면 그 영상을 다시 보기는 힘들다. 그래서 어설픈 솜씨로나마 편집해서 올려놓으면 언제든 보고 싶을 때 찾아볼 수 있어서 너무 좋았다.

뽀로로를 잘 몰랐을 때의 아기 서우도 자기 영상을 보는 것을 매우 좋아했다. 가장 열혈 구독자는 서우였다. 뽀로로를 알고 나서도 오히려 뽀로로보다 자기 영상 보는 것을 좋아해서 병원에서 채혈하거나 다른 검사를 할 때도 뽀로로가 아닌 자기 영상을 보여주면 진정이 되었을 정도였다. 초음파 검사가 있어 진정 치료실에 갔을 때였다. 검사가 끝나고 서우를 잠에서 깨우는 동안에 서우가 등장하는 유튜브를 틀어주었다. 간호사 선생님들이 유튜브에 나오는 서우 모습을 보고 놀라서 물었다.

"어? 서우네? 서우예요?"

"네. 서우예요. 하하하."

"아버님 유튜버세요?"

"아~ 아뇨. 그냥 취미 삼아 서우 노는 모습을 찍고 편집해서 올리는 거예요."

"와~ 대단하시네요. 서우야! 서우가 나오네. 일어나 봐!"

서우는 영상 속 자기 모습을 보고 싶었는지 드디어 깨어났다. 지금은 먹히지 않는 방법이지만, 두 돌까지는 서우가 나오는 유튜브 채널이 꽤 유용했다. 아기들은 자기 모습 보는 것을 좋아한다고 한다. 사진이나 영상 속 자기 모습을 보면 좋아서 '꺄르르' 소리 내서 웃기도 했다. 그래서 채혈 검사 등의 검사 시에 서우를 안정시켜야 할 때, 줄곧 유튜브를 틀어주었다. 그것을 보고 좋아하는 모습을 보면 계속 만들어 올리고 싶어져서 힘이 났다. 지금은 뽀로로, 타요, 베베핀에 밀렸지만….

일상을 찍어 편집하다 보니 동영상의 양이 너무 많아졌다. 서우의 모든 것을 다 찍어서 남겨야 한다는 강박 아닌 강박이 있었던 것 같다. 서우가 자라면서 활동 반경도 넓어지고, 모든 일상을 찍기는 어려웠다. 새롭고 특별하고 재미있는 경험을 했을 때의 서우를 카메라에 담기로 했다. 하나씩 꾸준히 만들어 올리다 보니 동영상의 개수가 꽤 많이 늘어났다. 지난 모습들을 찾아보며 서우가 많이 건강해졌고, 또 많이 자랐다는 것을 느낀다. 아내와 나에게는 너무나도 소중한 서우의 추억 앨범 같은 역할을 하는 채널이다.

유튜브 말고도 인스타그램에 서우의 사진들을 포스팅하

여 공유하기도 했다. 선천성심장병을 앓는 부모들과 소통하기 위해 인스타그램을 시작했다. 아내가 산후조리원에 있을 때 원장이 선천성심장병을 앓고 있는 아이의 이야기를 한 적이 있다. 서우보다 2살이 많았는데, 힘든 수술을 몇 번씩이나 하고 아직도 치료받고 있지만, 아이도 부모도 힘든 시간을 잘 이겨내고 있다고 했다. 그 아이의 부모와 인스타그램으로 소통하기 시작했다. 선천성심장병을 앓고 있는 다른 아이들의 부모들과도 계속 소통을 이어나갔다. 정보를 공유하는 것도 좋았지만, 서로 응원과 위로를 나누는 것이 참 힘이 되고, 고마웠다.

그런데 최근 고민이 생겼다.

'언제까지 서우의 사진과 영상을 올릴 수 있을까?'

SNS를 안 하는 사람이 없을 정도로 일상이 되어버린 지금, 아이들의 비동의하에 올려진 사진들이 아이들의 초상권 침해 등으로 인한 인권 보호 문제, 개인정보유출에 따른 범죄 악용 가능성 등으로 문제가 될 수 있다는 시각이 있다. '쉐어런팅'의 문제점이 대두되고 있다. '쉐어런팅'이란 '공유하다'라는 '쉐어(Share)'와 '부모'라는 뜻의 '패어런츠(Parents)'의 합성어로 자녀의 일상 사진을 SNS에 공유하는 행위를 뜻한다.

아이의 인권 문제로 SNS에 자녀들의 사진이나 동영상을 올릴 때 자녀의 동의를 얻게 해야 한다는 의견들이 많이 나오고 있고, 실제로 영국, 프랑스, 베트남 등에서는 부모 동의를 받지 않고 사진을 올릴 때 처벌을 받을 수 있도록 법제화가 되어 있다고 한다.

국제아동권리 비정부기구(NGO)인 '세이브더칠드런(Save the Children)'에서는 아동의 '잊힐 권리'를 보장하는 'Delete the Children'이라는 캠페인을 통해 '셰어런팅' 문제점들을 조명하고, 아이들의 잊힐 권리를 보장하기 위한 법적 근거와 제도를 마련하기 위해 운동을 하고 있다. 이에 힘입어 우리나라에서도 2023년 4월부터 개인정보보호위원회에서 본인의 원치 않는 사진들을 삭제해 주는 서비스가 시작되었다. 물론 아직 법적 근거가 부족하다 보니 검색과 삭제에 한계가 있다는 얘기가 있긴 하지만 이러한 움직임에 한 걸음 나아갔다는 것이 중요한 것 같다.

세이브더칠드런에서는 키즈 유튜브 제작 가이드라인을 제시하고 있다. 아이들이 자유롭게 생각을 말할 수 있도록 하고, 안전을 중요시하고, 아이들이 상처받지 않도록 해야 하며, 아이들에게 동의를 구하는 등 여러 가지 아동 인권 보호를 위한 가이드라인을 제시하고 있는데, 나는 이 가이

드라인에 맞춰서 유튜브 채널을 이어갈 생각이다.

좋은 기억을 좋은 사람들과 공유하는 것은 나쁜 것은 아니다. 다만, 아이들의 경우 부모의 돌봄 아래에 있지만 부모의 소유는 아니다. 아이들의 인권, 의사도 존중되어야 할 대상이라고 다시 한번 생각했다. 과도하게 일상이 노출되면 범죄의 대상이 될 수도 있고, 자녀의 의사와 상관없이 사진을 SNS에 올리게 되면 자녀의 초상권이나 자기 결정권 침해 행위가 될 수 있다.

처음에는 가족들과의 공유를 위해 시작한 유튜브였는데, 언제까지 공유할 수 있을까? 고민은 하고 있지만 편집 작업을 멈추고 싶지는 않다. 나중에 비공개 채널로 운영을 하더라도 우리 가족만의 추억 저장소로 남겨두면 된다고 생각했다. 서우가 자랄수록 귀여운 아기 모습은 없어지고, 예쁜 어린이의 모습으로 변하고 있다. 언제 이렇게 컸나 싶을 정도로 하루하루 빠르게 자라는 서우의 예쁜 모습을 계속 담고 저장하고 싶다.

오늘이 될 내일을 기대해

　심장 수술이 완료된 이후에는 한결 마음이 편해졌다. 서우가 엄마 배 속에서 심장병을 가지고 있다는 것을 알았을 때부터 서우 심장에 있는 구멍을 막지 못하고 단심실 수술을 할 수도 있는 상황까지 충격에 충격을 거듭했다. 대장에 '폴립'이 생기는 'PTEN 과오종 용종 증후군'이라고 했을 때는 심장이 안 좋다고 했을 때와는 다른 충격이었다. 심장은 외과적 수술로 가능한 것이었지만, 'PTEN 과오종 용종 증후군'은 원인 치료가 불가능한 것이었다. 유전자 검사 결과지를 놓고 구글링으로 정보들을 찾아보았고, 의학 용어를 해석해 가며 가능성을 이미 어느 정도 인지하고 있어서 그런지 받아들이는 데는 그렇게 많은 시간이 필요하지 않았다.

서우의 머리부터 발끝까지 신경 쓰지 않아도 되는 구석이 없다. 모든 것이 조심스럽고, 모든 것이 두렵다. 일주일에 인지·작업치료 한 번, 감각통합치료 한 번, 언어치료 세 번을 받는다. 나보다 바쁜 서우의 일정이다. 1년에 두어 번씩 받아야 하는 대장내시경도 평생 해야 하는 긴 숙제일수 있다. 더 어려운 숙제가 나타날 수도 있다. 앞으로 풀어야 할 크고 작은 숙제들이 많이 남아 있고, 하루하루 서우에게 최선을 다하지만 서우의 늦은 걸음에 스트레스받지 않으려고 한다.

"기다릴게."라는 말보다는 "같이 가자."라는 말을 서우에게 해주고 싶다. 먼저 가서 기다리는 것이 아니라, 서우의 속도에 맞춰서 손잡고 같이 걸어가고 싶다. 물론 위험한 길은 내가 먼저 걸어보고, 위험하지 않은 곳으로 데리고 갈것이다. 하지만, 속도에 맞추어 같이 가는 것이 중요하다고 생각했다.

'서우야! 아빠는 먼저 가서 기다리지 않을 거야. 서우랑 같이 갈 거야.'

'엄마·아빠 손잡고 같이 가자! 천천히 가도 좋으니 같이

가자!'

서우의 속도에 맞춰서 같이 걸어가기로 했다. 조급한 마음이 없다고 하면 그것은 거짓말일 것이다. 부모의 마음이라는 것이 때로는 욕심이 커질 때가 있다. 욕심을 내려놓고, 남들과 비교하지 않고 서우의 속도에 맞춰주려고 하지만 부모도 사람인지라 그렇지 못할 때가 있다. 서우에게 화가 나기도 하고, 나 스스로에게 화가 나기도 한다. 그런 내가 모자라 보일 때도 있다.

'육아'라는 것이 원래 힘들다고 하지만, 서우에게는 특히나 주어진 숙제들이 많다. 그런 숙제를 하나씩 풀다 보면 희비가 엇갈릴 때가 많다. 병원에서든 발달센터에서든 서우가 오늘 잘했다는 이야기를 들으면 기분이 너무 좋다. 하지만, 피드백을 받은 대로 집에 와서 시켜보면 안 하겠다고 한다. 그럴 때면 서우가 밉기까지 하다. 조급함에 더 시키면 더 안 하겠다고 울어버린다. 울어버리면 마음이 약해져서 서우를 안고 "미안해."라고 사과한다. 따라 하지 않을 것이라는 것을 알면서도 혹시나 하는 마음에 이 과정을 되풀이했다. 내 마음에 조급함이 많이 남아 있었나 보다.

서우는 남들보다 느리다. 그것을 인정하기까지가 조금 오래 걸렸다. 금방 따라잡을 수 있다고 생각했다. 키와 몸무게가 평균 이상인 만큼 다른 발달 상황도 남들만큼은 따라갈 수 있다고 생각했고, 더 월등할 수 있다고 생각한 적도 있다. 하지만, 천천히 가기로 했다. 조급하지 말자고 다짐했다. 따라잡기를 바라거나 월등할 수 있다고 생각한 것 자체가 남들과 비교한다는 얘기다. 남들과 비교하지 말고, 서우 속도대로 가자고 생각했다. 어떤 치료사가 했던 말이 나에게는 안심이 되었다.

"아버님. 서우가 늦기는 해도 발달 과정대로 발현되는 행동들이 순서대로 나타나고 있어요. 늦지만 발달 순서대로 잘 가고 있는 것 같아요."

"네. 늦기는 해도 나아지고 있다니 다행이에요. 집에서 하는 행동들도 전과는 많이 달라졌어요. 표현도 많이 하려고 하고."

"네. 조급해하지 마세요. 할 수 있어요. 서우가 스스로 준비할 시간을 준다고 생각하세요."

"네. 부모 입장에서 조급한 건 사실인데, 요즘은 천천히 가도 좋다고 생각하고 있어요. 이미 천천히 가고 있는 걸요. 멈춰 서 있는 것은 아니니까."

서우가 네 돌이 조금 안 되었을 무렵이었다. 뜻밖의 한파가 일주일이나 지속되었는데, 마침 열감기가 와서 2~3일

고열에 시달렸다. 며칠 동안 집에 있었고, 다행히 열이 내려 서우가 좋아하는 젤리를 사러 가던 참이었다. 나가는 길에 쓰레기를 버리고 가려고 가득 찬 쓰레기봉투를 세 개나 들고 나갔다. 지하 주차장으로 내려가기 전에 1층 쓰레기 수거통에 쓰레기를 버려야 했는데, 밖은 영하 10도 이하로 내려가 너무 추웠다. 날씨가 너무 추워서 서우에게 이렇게 말했다.

"서우야! 아빠 이 쓰레기 좀 버리고 올 테니까 여기서 기다릴래?"

"응."

무엇을 물어보아도 "응."이라고 대답하는 서우였다.

"그러면 여기 있어. 서우야! 추워 나오지 마!"

"응."

분명 서우는 "응."이라고 대답했지만, 서우가 나를 따라 나올 것으로 생각했다. 그런데 밖으로 나오지 않고 그대로 서 있었다. 집 안에서 간단한 심부름은 하던 서우였지만, 잠깐이지만 서우가 아빠 없이 혼자 기다릴 수 있다고 생각하지 못했다. 별거 아니었지만, 그런 서우의 모습에 감격했다. 눈앞에 아빠가 안 보이면 찾아 나올 것으로 생각했는데 한 발짝도 앞으로 내딛지 않고 그대로 서 있는 모습이 너무 기특해서 서우를 꼭 안아주었다.

'그동안 내가 서우를 너무 과소평가한 것일까?'

'모든 것을 못한다고만 생각한 것은 아닐까?'

많은 생각들이 머릿속에 떠올랐다. 남들에게는 별거 아닌 것들이 내게는 너무나도 감동적이었고, 너무 대견한 행동이었다. 집에 들어오자마자 아내에게 말해주었다.

"있잖아. 내가 쓰레기를 버리고 온다고 서우한테 추우니까 여기서 기다리라고 얘기를 했는데, 한 발짝도 안 움직이고 기다리고 있었어. 이제 기다리라니까 기다리네? 깜짝 놀랐어."

"어! 정말? 서우가 그랬어? 아구 예뻐라! 잘했어!"

아내도 서우가 기특했는지 칭찬하면서 안아주었다.

그러나 그 감동과 감격의 순간은 오래가지 않았다. 쓰레기를 버리고 서우에게 젤리를 사주기 위해 차를 가지고 근처 쇼핑몰로 갔다. 크리스마스 연휴 첫날이라 그런지 주차장에 들어서는 차량 행렬이 끝이 없었다. 서우에게 젤리를 사주기로 약속했기 때문에 긴 주차 행렬에 합류해 순서를 기다렸다. 기다림에 짜증이 났는지 몸을 배배 꼬고 다리를 들었다 났다 한다. 급기야 울음을 터뜨렸다.

"서우야! 지금 빠방이가 너무 많아서 조금 기다려야 할 것 같아."

"뿌엥~~ 엥! 엥! 엥!"

짜증 섞인 목소리로 거의 울부짖었다.

"서우야! 우리 조금 기다렸다가 젤리 사러 가자!"

"뿌엥~~ 엥! 엥!"

미운 4살이라고 했던가? 고집이 말도 못 할 정도로 세졌다. 참을성도 없다. 어린아이가 참을성이 있다면 아이가 아니긴 할 것이다. 하지만, 앞뒤 보지 않고 몸부림치는 서우를 보면 오히려 나의 참을성이 한계에 다다를 때도 있다.

오랜 시간을 기다린 끝에 주차장으로 들어갈 수 있었고, 서우는 원하던 젤리를 얻었다. 젤리를 사면 놀이터로 가야 한다. 실내에 아이들이 놀 수 있도록 만들어 놓은 곳인데 서우가 꽤 좋아하는 곳이다. 젤리를 한 손에 들고 놀이터로 갔다. 그런데 다짜고짜 짜증을 내면서 바닥에 누워버린다. 서우가 무엇을 하고 싶은 것인지 무엇을 하기 싫은 것인지 도통 모르겠다. "이거 하고 싶어?" "저거 하기 싫어?" 아무리 물어봐도 짜증만 낼 뿐 좋은 것인지 싫은 것인지 표현하지 않는다. 이럴 때는 너무 답답하다. 뭔가 불만이 있었을 테고 뭔가 하고 싶은 것이 있었을 텐데 그게 뭔지 모르겠다. 그래서 너무 답답할 때가 많다. 서우도 답답할 것이다. 서우가 원하는 것이 있을 것이고, 나름대로 표현한 것일 수도 있다. 우리는 서로의 마음을 몰라서 둘 다 너무 답답했다.

그럴 때면 서우가 빨리 말을 해줬으면 좋겠다고 생각했다. 서우 속도에 맞춰가겠다고 해놓고서는 서우가 빨리 가기를 바랐다. 쓰레기를 버리러 간 아빠를 문 앞에서 기다린 서우에게 감동한 지 30분도 안 돼서 못마땅함에 드러눕는 서우를 다그치고 말았다.

"서우야! 아빠는 서우가 무엇을 원하는지 모르겠어. 물어봐도 다 아니라고만 하잖아. 그럼 서우가 원하는 대로 해봐. 어디로 가고 싶은지 가봐."

이미 서우는 내 말을 들으려 하지 않고 쇼핑몰 바닥에 누워 짜증이 많이 섞인 몸부림을 치고 있었다.

"박서우! 일어나! 이럴 거면 집에 가! 얼른 일어나!"

일어날 생각이 없는 서우를 둘러업고 집으로 왔다.

서우가 상처받지 않도록 비난하지 않고, 또래 아이들과 비교하지 않고, 서우의 앞날을 비관하지 않겠다고 다짐했었다. 하지만, 답답한 마음에 서우를 다그쳤다. 그렇게 다그치고 나면 하루 종일 마음이 좋지 않다. 자기의 마음이 제대로 전해지지 못해 답답한 건 정작 서우일 것이다. 서우에게 다그친 일이 마음에 걸려 집에 들어오기 전 서우를 꼭 안고 말해줬다.

"서우야! 아빠가 오늘 미안해! 서우가 쓰레기 버리러 간 아빠를 기다려 줘서 너무 기뻤는데, 젤리 사러 가서 서우가 떼를 써서 마음이 좋지 않았어. 다음엔 뭐 하고 싶은지 뭐가 싫은지 아빠한테 알려줘!"

"응."

아빠의 뜻을 아는지 모르는지 나에게 안겨서 "응."이라고 했다. 그래도 서우가 앞으로 한 걸음 내디딘 것을 확인하니 서우의 걷는 속도에 맞춰서 같이 가는 것이 즐거웠다.

'내일은 반걸음만 내딛어도 좋아. 뒷걸음질 쳐도 좋아. 언젠가는 앞으로 나갈 거니까.'

'서우야! 아빠가 너의 걸음에 속도를 맞춰 걸을게.'

'서우 앞날에 어떤 일이 생길지 아빠도 알 수 없지만 무슨 일이 있어도 아빠는 너를 언제나 지켜줄 거야.'

'어제가 될 오늘을 추억하고, 오늘이 될 내일을 기다리며 세 식구 영원히 행복하자!'

'사랑해 서우야! 사랑해 여보야!'

내일도 세 식구가 함께 내디딜 행복한 한걸음이 기다려진다.

✿

백과사전에 보면 육아란? "어린아이의 신체적 발육과 지적교육, 정서의 건전한 발달을 위하여 노력하는 일"이라고 되어 있다. 간단히 말하자면 심신(心身) 발육이다.

그런데 자식의 심신(心身) 발육 및 돌봄이 끝이 나는 일은 아닌 것 같다. 육아는 숙제의 연속인 것 같다. 정답이 없지만, 해야 하는 숙제이다. 다그칠 때도 있고, 기다려 줄 때도 있고, 같이 한 걸음 내디딜 때도 있다. 무엇이 정답일까?

'남들 하는 만큼만 하자.'라는 것도 비교하는 것 같아서 그런 마음으로 대하지 않으려 했다. 이 책을 시작할 때는 무뎌지는 지난 감정들을 다시 살려 정리하고자 했지만, 이 책을 끝내는 시점에서는 지금의 조급한 감정들을 조금은 내려놓아야 할 것 같다는 생각이 들었다.

놀이터에서 만난 서우 또래의 한 아이가 서우에게 말을

걸었다.

"너 몇 살이야?"

"…"

서우는 대답이 없었다. 그러자 그 아이는 자기 엄마에게
말했다.

"엄마! 얘는 왜 말을 못 해?"

꼬마 아이에게 상처받은 것은 나였다. 꼬마 아이의 입장
에서는 자기가 말을 걸었는데, 대답을 하지 않으니 그렇게
말한 것인데, 꼬마 아이의 말 한마디였지만, 야속하기까지
했다. 조급함을 내려놓았지만 이런 상황에서는 서우가 마
냥 안쓰러웠다. 친구들은 얘기하며 노는데, 서우는 소통이
잘 안되니 친구들이 잘 안 놀아줄 수도 있다고 생각했다.

항상 '괜찮아, 조금 늦게 가는 것뿐.'이라고 생각했지만,
조급함은 어쩔 수 없는 것 같다. 머리는 '천천히'를 떠올리
지만, 마음은 이미 서우의 손을 끌고 가고 있다는 것을 느
낀다.

'천천히 가자! 조급해하지 않을게. 아빠가 너무 서둘러서
미안해.'

오늘 밤도 딸 바보 아빠는 천천히 가자며, 서둘러서 미
안하다며 잠이 든 딸내미 볼에 뽀뽀를 하고 잠이 든다.

괜찮아, 천천히 가면 돼

초판 1쇄 발행   2024. 7. 24.

지은이   박경민
펴낸이   김병호
펴낸곳   주식회사 바른북스

편집진행   김재영
디자인   배연수

등록   2019년 4월 3일 제2019-000040호
주소   서울시 성동구 연무장5길 9-16, 301호 (성수동2가, 블루스톤타워)
대표전화   070-7857-9719 | **경영지원**   02-3409-9719 | **팩스**   070-7610-9820

•바른북스는 여러분의 다양한 아이디어와 원고 투고를 설레는 마음으로 기다리고 있습니다.

이메일   barunbooks21@naver.com | **원고투고**   barunbooks21@naver.com
홈페이지   www.barunbooks.com | **공식 블로그**   blog.naver.com/barunbooks7
공식 포스트   post.naver.com/barunbooks7 | **페이스북**   facebook.com/barunbooks7